古都

こと

［日］川端康成 著

王子妍 译

台海出版社

图书在版编目（CIP）数据

古都 / (日) 川端康成著 ; 王子妍译. -- 北京 :
台海出版社, 2023.9
ISBN 978-7-5168-3582-1

Ⅰ. ①古… Ⅱ. ①川… ②王… Ⅲ. ①中篇小说－日
本－现代 Ⅳ. ①I313.45

中国国家版本馆CIP数据核字(2023)第112554号

古　都

著　　者：[日]川端康成　　译　　者：王子妍

出 版 人：蔡　旭　　封面设计：朱镜霖
责任编辑：曹任云

出版发行：台海出版社
地　　址：北京市东城区景山东街 20 号　邮政编码：100009
电　　话：010-64041652（发行，邮购）
传　　真：010-84045799（总编室）
网　　址：www.taimeng.org.cn/thcbs/default.htm
E - mail：thcbs@126.com

经　　销：全国各地新华书店
印　　刷：北京中科印刷有限公司
本书如有破损、缺页、装订错误，请与本社联系调换

开　　本：880 毫米 ×1230 毫米　1/32
字　　数：128千字　　印　　张：7.625
版　　次：2023 年 9月第 1 版　　印　　次：2023年11月第1次印刷
书　　号：ISBN 978-7-5168-3582-1

定　　价：47.00 元

目录

| 春 花 |

千重子发觉古枫树枝干上的紫罗兰开了花儿。

“啊，今年也开花儿了呀。”千重子感受到了春的温柔。

就街道上的小院而言，那枫树实属巨树，树干比千重子的腰还粗。但它那饱经风霜的粗糙树皮、爬满青苔的树干，是万万不能与千重子稚嫩无瑕的身躯相媲美的……

枫树树干在千重子的腰高处稍稍向右弯曲，在超过她头顶的高度向右弯曲得更深了。打弯处抽出了枝条，枝条向外伸展开来，占据了整个庭院。长长的枝桠，由于负重，树梢微微下垂。

枝干弯曲处靠下一点，有两个小凹坑，紫罗兰便分别长在那凹坑处，每逢春季就会开花。打千重子懂事起，那两株紫罗兰就已经长在树上了。

上下两株紫罗兰相距一尺左右。正值妙龄的千重子有时会想："上面那株紫罗兰与下面那株紫罗兰可曾相遇，又可曾相识呢？"对于紫罗兰而言，何谓相遇、又何谓相识呢？

花朵少则三朵，多则五朵，每年春天大概都是这么多。尽管如此，树上的小凹坑每到春天，就会发出芽、开出花。千重子时而从走廊眺望，时而于树根处仰望，有时甚至会被紫罗兰的生命力所打动，有时又会觉得自己被孤独渐渐吞没。

"它们生于此，又将长于此……"

来店的客人们虽然会赞赏枫树生得壮观，但鲜少有人发觉枫树上竟绽放着紫罗兰。粗壮的树干上长着老树瘤，青苔也攀得极高，令古树显得更为庄严雅致。大家自然不会留意寄身于枫树的小小的紫罗兰。

但蝴蝶却知晓。千重子头一次寻到紫罗兰花时，庭院里低舞的白色小蝴蝶们，正成群地从枫树树干飞往紫罗兰花附近。彼时，枫树也正欲抽出小小的红色嫩芽，蝶群翩翩起舞，纯白灵动、绚丽异常。两株紫罗兰的叶片和花朵，在枫树干新长出的青苔处投下了朦胧的影子。

这是薄云蔽空、风柔日暖的一个春日。

千重子一直坐在走廊上，看着枫树树干上的紫罗兰，直到小白蝴蝶们全都飞走了。

她真想悄悄地跟紫罗兰说："今年，你们也在那里开出漂亮的花儿了呀。"

紫罗兰花下方，枫树树根旁，立着一尊石灯笼。千重子的父亲曾告诉过她，灯笼的石竿上雕刻着基督的肖像。

"这不是圣母马利亚吗？"当时，千重子问道，"确实有一个很像北野天神的肖像呢。"

"这是基督。"父亲直截了当地回答，"他没抱着小孩儿。"

千重子点点头。"啊，真是这样呢。"接着又问道，"咱们家祖先里有天主教教徒吗？"

父亲答道："没有。这尊石灯笼应该是园艺师或石匠拿来摆到这里的，不是什么稀罕玩意儿。"

这是一尊吉利支丹石灯笼[1]，可能是曾经禁教令[2]时期制造的吧。石质粗糙脆弱，所以在经历了几百年

1 "吉利支丹"是日本战国至明治初期对天主教徒的称呼，吉利支丹石灯笼是指石竿上刻有基督教圣人肖像的一种石灯笼。

2 以 1587 年丰臣秀吉下达的《伴天连追放令》驱逐外国传教士为开端，1612 年日本德川幕府正式颁布的对天主教实施的禁令。

的风吹雨打后，石上雕刻的人像只能分辨出头、躯干和腿的形状。又或是，这人像本就雕刻得简单随意。雕像的袖子很长，几乎垂到了衣服的下摆。其身形看似在合掌礼拜，但手臂处又稍有隆起，分辨不出是什么形状。然而，它也不像佛像或是地藏菩萨像。

这尊吉利支丹石灯笼，可能曾是古时信仰的象征，也可能是一个颇有异域风情的装饰品。但如今只因着它古香古色的气韵，才被摆放在千重子家庭院的那棵古枫树树根旁。如若恰巧有客人留意到它，父亲便跟人家说："这是基督像。"不过，生意往来的客人中，很少有人注意到巨大枫树的背阴处立着一尊不起眼的石灯笼。即便是看到了，也觉得院子里有那么一两尊石灯笼再正常不过了，不会去深究。

千重子垂下了那双捕捉到树上紫罗兰的双眸，久久地凝视起基督像。千重子上的不是教会学校，但她喜欢英语，所以不仅常去教堂走动，而且还读完了《圣经》中的《旧约》和《新约》。但是，向这尊古朴的灯笼献花，或是点上蜡烛好像也不大合适。石灯笼的上上下下，没有一处雕刻着十字架。

基督像上方的紫罗兰花，有时会让人联想到圣母马利亚的心。千重子的视线从吉利支丹石灯笼处挪开，再次上移至紫罗兰花那里。然后，灵光一现，她突然想起了饲养在古丹波[1]壶里的金钟儿[2]。

千重子开始养金钟儿，比她发现古枫树上长着紫罗兰花的时间要晚得多，是在那之后四五年的事儿了。当年，她在高中友人的起居室里，听到金钟儿鸣啼不已，便要来了几只。

“它被困在壶里，看起来太可怜了。”千重子说道。但友人却回答她，这样总比养在笼子里任由它白白死掉要强。据说还有寺院养了好多金钟儿，专门售卖它们产的卵。看来，爱好它的人也不少呢。

如今，千重子饲养的金钟儿数量也变多了，古丹波壶也增至两个了。每年一到七月一日左右，金钟儿便会从虫卵中孵化出来，八月中旬开始鸣叫。

它们要在狭小昏暗的壶中出生、鸣叫、产卵，直至死亡，但它们却可以繁衍生息，生育后代。原来如此！这样可能比养在笼中，只能活短短一代便绝种要好得多。但它们的一生要完完全全地在壶中度过，壶中就是天地。

1　属于日本丹波烧的一种，通常被认为是安土桃山时代前烧制的丹波烧，产自日本兵库县筱山市今日町上立杭地区，以实用的大瓮、壶为主。

2　鸣虫的一种，又被称为日本钟蟋。该虫通体黑色，形状像一颗饱满的西瓜子，叫声奇特如铃。

千重子也知道，中国在很早之前有“壶中天地”这么一种说法。壶中有琼楼玉宇，而且到处都是金波玉液、山珍海味。壶中，也就是远离凡尘俗世的另一个世界，是仙境。这是众多神仙传说中的一个。

但金钟儿们并非厌倦了俗世才进入壶中的，它们甚至可能不知道自己身处壶中，就这么代代生存下去了。

在饲养金钟儿的过程中，最令千重子感到吃惊的是，必须时不时地向壶中放入外来的雄性成虫。如若任由一个壶里的金钟儿自由发展，那么新生的幼虫就会变得十分弱小，这是反复进行近亲交配的缘故。为了避免这种情况的发生，金钟儿的爱好者们有着交换雄性成虫的习俗。

现在正值春季，并非金钟儿们最为活跃的秋日。但枫树树干的凹坑里，今年也绽放出了紫罗兰花，所以千重子由此想到了壶中的金钟儿，也并非毫无缘由。

金钟儿是千重子放进壶中的，可紫罗兰又是为何要来到这般狭小异常的地方呢？紫罗兰已经开了花儿，金钟儿今年也会破卵而出、高声啼鸣吗？

“难道这就是自然界中的生命吗？”

千重子将春日和风吹乱了的头发，拢到一只耳朵边上，心里暗自与紫罗兰、金钟儿比较起来。

"那么我呢？"

在万物复苏、竞相生长的春日里，注视着这株小小紫罗兰的，只有千重子一人。

店铺那边传来了声响，像是要开午饭了。

千重子也要去赴赏花之约，快要到梳洗打扮的时间了。

原来，水木真一昨天给千重子打来了电话，邀她去平安神宫赏樱。真一的学生要在神苑门口当半个月左右的检票员，真一从学生那里得知，现在正是赏樱的好时节。

真一低笑着说："就像安插了眼线一样，没有比他提供的信息更准确的了。"他那笑容实在美极了。

"我们不也会被那个人监视吗？"千重子说道。

"那家伙不是看门的嘛，任谁都得从他那里通过的。"真一又短促地笑了一声。

"如果千重子不情愿的话，我们可以分开进去，然后在院中的樱花树下会合。反正樱花这种花，就算独自一人观赏也百看不厌。"

"要是这么说，那你独自一人去赏花如何呢？"

"也不是不行，但要是今晚下大雨，花瓣都掉了，我可不管哦。"

“那我就欣赏落英呗。”

“那些被雨水打落、满身污泥的花儿，你说那是落英？落英这种东西吧……”

“你真坏！”

“也不知道谁才坏……”

千重子选了一件不太显眼的和服，出了家门。

平安神宫的“时代祭[1]”十分出名，但这座神宫是为了纪念一千多年前恒武天皇迁都京都，于明治二十八年（1895年）修建而成的，所以社殿[2]并不算古老。不过，听闻神宫的神门和外拜殿，是仿古京都——平安京的应天门和大极殿建造的。院中右边栽橘，左边植樱。昭和三年（1928年），又将迁都东京前的孝明天皇合祀于此。新人们经常在此处举办神前式婚礼[3]。

红枝垂樱[4]的樱群装点了神苑，美得令人叹为观止。现在正可谓没有比这里的花儿，更能代表京都春天的了。

---

1 京都三大节庆之一，其余两个为葵祭、祇园祭。

2 神社中摆放神像的建筑，也指神社内的各个神殿。

3 以日本传统神道教为基础，在神社的神殿内举行的结婚仪式，以盼得到神明的见证和许可。

4 垂枝樱花的稀有品种，枝条细长下垂。花蕾为红色，花初开时也是红色，盛开时变为粉白色。

千重子刚走进神苑的入口，就看到院中开满了红枝垂樱，仿佛自己的心底也开满了那樱花的颜色。“啊，今年我也与京都的春天相遇了。”千重子久久伫立，远眺着那份美好。

但真一在哪儿等着呢？他难道还没来吗？千重子决定找到真一后再去赏花，于是，便从樱花树丛中走了出来。

真一就躺在樱花树下的草坪上，双手交叉，枕在后颈下面，闭着眼睛。

千重子根本想不到真一竟会随意地躺在那里，心里很是不高兴。明明在等年轻的小姑娘，真一就这么躺下了。与其说千重子觉得自己受到了侮辱，或他的举止很不礼貌，倒不如说真一躺在那里这件事本身，让千重子十分讨厌。在千重子的日常生活中，很是看不惯男性躺倒的身影。

也许真一经常在大学校园里的草坪上，与朋友一起曲肱而枕，仰面朝上，悠然自得地谈天说地。如今，只是跟那时一样躺着罢了。

真一的身旁还有四五个老奶奶，她们正一边打开成套日式方饭盒，一边闲聊着。真一可能是觉得这些老奶奶很亲切，便坐到了她们身旁，坐着坐着就躺倒了。

千重子如此想着，几乎要笑出来了，但她的脸上反倒染上了一抹红晕。她并没有叫醒真一，而是在那里站住了，她甚至还想从真一旁边走开……千重子从未见过男子的睡颜。

真一穿着整洁的学生制服，头发也梳得整整齐齐的。长长的睫毛合在一起，看起来像一个少年。可千重子却压根儿没有正眼看过这些。

“千重子！”真一叫着她，站了起来。千重子突然就怒上心头。

“在这种地方睡觉也太不像话了！过路的人都看着呢！”

“我没睡着，千重子一来我就知道了。”

“坏心眼。”

“如果我没有叫你，你准备怎么办？”

“你是看到我以后才假装睡着的？”

“我想到这么幸福的一个小姑娘走了进来，就不由得感到一丝悲伤，恰好头也有点儿疼……”

“我？我幸福？”

“……”

“头疼？”

“没有，已经好了。”

“你脸色看起来不大好。”

“没有，已经没事儿了。”

“就像一把宝刀。”

真一也偶尔听到过别人说自己的脸像宝刀，但从千重子嘴里听到这样的形容还是头一回。

听到别人这么说时，真一的身体里仿佛有某种激烈的东西要熊熊燃烧似的。

“这宝刀不会伤人哟，更何况在樱花树下！”真一笑着说道。

千重子爬上小坡，回到了走廊的入口。站在草坪上的真一也跟着来了。

“这里的花儿，我想都看个遍呢。”千重子说道。

一来到西侧回廊的入口，红枝垂樱的花群立刻将他们拉入春境。这才是春天啊！沉沉下垂的、细长的枝条上，开满了红色的八重樱，花朵甚至绵延到了枝条末梢。这些樱花树群，与其说是树上开满了花，不如说是枝条托起了朵朵花儿。

“在这里，我最喜欢这一树花儿。”千重子说着，带真一来到了走廊向外拐的地方。那里有一树樱花，体型尤为庞大，花开灿烂。真一也站在树旁，看着那树樱花说：

“细细看来，它其实很具有女性的特征。

“那垂落的纤枝，还有那些花儿，柔美而又丰富……”

而且八重垂枝樱的红色中，又好似朦朦胧胧映着一丝紫色。

真一又说道：“我从没想过它竟这般有女人味儿，无论是颜色还是风情，又或是那千娇百媚的姿态。”

两人离开了那株樱树，朝池塘走去。小道渐渐变窄，在那狭窄处设有一把长凳，凳上铺着红色的毛毡。客人们纷纷落座，在那里饮着淡茶。

“千重子！千重子！”

有人在叫她。

真砂子穿着长袖和服，从幽暗树丛围绕着的澄心亭茶室中走了下来。

“千重子，你能帮我一下吗？我太累了。你来帮先生侍茶吧？”

“我这身打扮，最多去洗洗茶具。”千重子说。

“没关系，洗茶具的装扮也……你只需要站在那里递茶就行。”

“我带着客人呢。”

真砂子这才注意到真一，于是凑到千重子耳边低声问："这是未婚夫？"

千重子轻轻地摇了摇头。

"是朋友？"

千重子又摇了摇头。

真一转过身，走了出去。

"哎，进茶室坐坐？一起……现在正好没人。"真砂子发出了邀请，但千重子却拒绝了。她追上了真一，问道："我那位茶室的朋友，是不是很美？"

"她当然很美啦。"

"嗯，不知道她能不能听到。"

千重子朝站着目送他们的真砂子点头致意。

穿过茶室下方的小道，有一个池塘。池畔长着菖蒲，叶片嫩绿，飞扬挺拔，参差交错。睡莲的叶子也悠悠地漂浮在水面上。

池塘的周围，没有樱花。

千重子和真一沿岸走了一圈，踏上了一条幽暗的林荫小道。空气中弥漫着嫩叶的清香和土壤湿润的气息。这条林荫小道很短。这时，眼前出现了一个明亮的庭院，院中的池塘比刚才的池塘还要大。池边的红枝垂樱倒映在水中，照亮了眼眸。外国游客也举起相机，樱花留在了相纸上。

而池畔对岸的灌木丛中，马醉木也绽开了朴素的小白花。千重子想到了奈良。此外，还有许多体型不大，但姿态挺拔的松树。如若没有樱花，那松木的翠绿也是极为醉人的吧？不，正是现在，松树的葱郁和池中澄澈的水，是那般无瑕，将垂樱的红色花群衬托得更加娇艳动人。

真一率先踏上了池中的踏脚石。这种踏脚石被称为渡泽，呈圆形，就像是把鸟居[1]的柱子切开后排列而成似的。千重子走在上面，有时甚至得微微撩起和服的下摆。

真一回过头说：

“我好想背着千重子过去呀。”

“那你试试，敬你是个英雄！”

当然，这踏脚石连老妇都能顺当地走过去。

踏脚石旁也漂浮着睡莲的叶片。逐渐靠近对岸时，可以看到踏脚石边上的水面倒映出幼松的影子。

“这踏脚石的排列方式也很抽象吧？”真一说道。

“日本的庭院都很抽象，不是吗？就像人们总嚷嚷着醍醐寺庭院里的杉苔抽象、抽象，反而让我感到厌烦……”

1　类似牌坊的日本神社附属建筑，代表神域的入口。

“对啊，那杉苔确实抽象。醍醐寺的五重塔已经修筑好了，正在举行落成仪式呢。一起去看看吧？”

“醍醐寺的塔，也是像新金阁寺那般仿造而成的吗？”

“是将颜色翻新得更为鲜艳了吧。塔本身又没有被烧毁……应该是先拆掉之后，再重新修成原先的模样吧。落成仪式正值花开全盛，指定有好多人参加。”

“要说赏花，还得是这里的红枝垂樱，其他的花我都不想看嘞。”

二人走完了最后几块渡泽。

走过渡泽后，岸边松树群立，不久就来到了桥殿。桥殿正名唤作泰平阁，是一座能让人联想到宫殿模样的桥。桥的两侧设有可倚靠的长凳，人们会在此处落座歇息，隔着池子感受庭院的氛围。不，这庭院当然是离不开池塘的。

落座歇息的人们会在此喝些东西、用些吃食。还有些小孩在桥中央跑来跑去。

“真一先生，真一先生，这里……”千重子先坐下后，用右手按住另一个座位，给真一占了个座。

“我站着也行。”真一说道，“蹲在你脚边也……”

“不管你了。”千重子腾地一下站了起来，让真一坐下了，“我去买些鲤鱼鱼食回来。”

千重子回来后，往池塘里撒了饵食，鲤鱼群便纷纷涌了过来，有的鱼儿甚至将身子探出了水面。水波圈圈晕染开来，水中樱花和松树的倒影微微荡漾。

剩下了一些鱼食，千重子跟真一说：“给你吧。”真一没有说话。

“头还疼吗？”

“不了。”

二人在那里坐了很久。真一面容清澈，凝望着水面。

“你在想什么呢？”千重子问他。

“嗯，怎么说呢？人总会有一些放空自我的幸福时刻吧。”

“在这种赏花之日……”

“不是，我在一位幸福的小姐身边……就会被那种幸福所感染，就像温暖的朝气那般。”

“我幸福？”千重子再次反问，眼眸里突然染上了一抹忧郁的深影。她低着头，所以看上去不过是一汪池水映入眸中罢了。

然而，千重子站了起来。

“桥对岸有我喜欢的樱花。

“在这里也能看到，就是那个！”

那树红枝垂樱实在是美极了，而且很有来头，是棵名树。它的枝桠像垂柳般低低下垂，且向外伸展开来。走到樱花树下，一阵若有若无的微风吹来，花瓣便散落在千重子的脚边和肩头。

花儿稀稀疏疏地散落在那株樱花树下，还有些漂浮在池水中。不过，这些散落的花儿大概也就七八朵……

枝桠低垂，虽然有竹竿支撑，但花枝纤细的末梢却几乎要触及池水。

透过红色八重樱交错的枝桠缝隙，可以眺望到池塘对岸，东边树丛上方的山林已然青葱一片。

“这是东山的支脉吧？”真一问道。

“这是大文字山。”千重子回复道。

“啊，是大文字山吗？看起来真高啊！”

“因为你是从花缝中看的吧。”千重子说着，也站进了花丛中。

二人都依依不舍，不忍离去。

那株樱花树的周围铺着粗粒白砂，白砂地的右侧有一片松林，松树挺拔俊美，相较这个庭院而言已然算是高大。接着，他们走到了神苑的出口。

出了应天门后，千重子说道：

“我有点儿想去清水寺看看。”

“清水寺？”真一的神情，仿佛是不解或质疑为何要去如此普通的地方。

“我想从清水寺远眺京都街道的暮色黄昏，想看看落日时分布满西山上空的灿然晚霞。”千重子接连说了几遍，真一这才点了头。

“好吧，那我们去吧。”

“走着去吧。”

路途十分漫长。二人避开了电车轨道，从南禅寺那里绕了远路，穿过知恩院的后侧，横穿圆山公园深处，再踏上古朴小径，来到了清水寺门口。

恰逢春日的暮霭沉沉地笼罩着天际。

参观清水舞台的游客只剩下三四个女大学生，但又看不清她们的容貌。

现在正是千重子心驰神往的时刻。漆黑的正殿已经点上了佛灯，千重子没有在正殿停留，而是径直走了过去。走到阿弥陀堂门后，又进一步走进了里院。

里院也有一个建造在断崖上的“舞台”，丝柏树皮铺设的屋顶看着很轻盈，舞台也确实玲珑轻巧。然而，这个“舞台”却朝向西边。朝着京都城，朝着西山。

城中华灯初上，而天际还留有星星点点的光亮，朦胧而梦幻。

千重子倚在“舞台”的凭栏上，眺望着西边，仿佛已然忘记了自己还带着真一同行。真一走到了她身边。

“真一先生，我是个弃儿。”千重子突然开口说道。

“弃儿？”

“嗯，是弃儿。”

真一有些恍惚，不明白“弃儿”一词是否含有深意。

“弃儿吗？”真一喃喃自语，“千重子也会觉得自己是弃儿吗？如果你是弃儿，那我更是弃儿了。从精神层面……或许所有人都是弃儿，降生于世或许本就意味着被神明遗弃在这个人世间了。”

真一凝视着千重子的侧颜，暮色若有若无地染在她的脸颊上，恐怕这就是春日初更带来的一丝忧愁吧。

“所以，反倒可以说人类是神明的孩子吧。先抛弃，然后再来救赎……”

但千重子好像完全没听进去，只顾俯视着灯火璀璨的京都城，没有回头看真一一眼。

真一感受到了千重子那种不可名状的忧思，想把手搭在她肩膀上，但千重子却躲开了。

“请不要碰我这个弃儿。”

“我都说了神明的孩子全是弃儿……”真一稍微

加强了语气。

“不是那么复杂的事情！我不是神明的弃儿，而是被亲生父母遗弃的孩子。”

“……”

“我是被扔到店铺红格子门前的弃儿。”

“你说什么呢？”

“是真的,这种事情就算跟真一说了也无济于事。”

“……”

“我啊，刚刚从清水寺眺望着京都城广袤的日落黄昏，想着我是真的出生于这个城市吗？”

“你想什么呢！脑子坏掉啦……”

“这种事情，干吗要骗你？”

“你可是批发商家唯一的掌上明珠呀，独生女总是沉浸于幻想的。”

“我的确备受宠爱，现在觉得就算是弃儿也无所谓了。”

“有证据证明你是弃儿吗？”

“证据就是店铺门口的红格子门，古老的格子门什么都知道。”千重子的声线变得更为动人，“在我刚上初中时，母亲把我叫到身前说：‘千重子，你并不是我腹中孕育的孩子。我们只是拐走了一个可爱的婴儿，一溜烟地带着她坐车跑了。’但父母对具体带走我的地方却各执一词，一个说在夜樱盛开的祇园，一个又说在鸭川河畔……他们肯定觉得若是说我是被丢在店门口的弃儿，实在太可怜了，于是编出这些……”

“啊，那你不知道亲生父母是谁吗？”

“现在的父母很宠我，所以我也不想找亲生父母了，他们或许已经变成仇野[1]一带无人祭拜的孤魂了吧。虽然那里的石碑早已破旧腐朽了……”

春日柔和的暮色，自西山晕染开来，如雾霭一般，几乎将京都城的半边天都染成了暗红色。

真一很难相信千重子是弃儿，更不相信她是被拐来的。千重子的家就在古老的批发商一条街，所以即便只跟邻居打听，也立马就能了解真相，但真一眼下当然没有调查的心思。真正使真一困惑，并想搞明白的事情是，千重子为什么要在这种地方吐露自己的心声呢？她将真一邀至清水寺是为了做这番告白吗？

千重子的声音越发纯真澄澈了，声音的深处贯穿

1　京都市西部，右京区嵯峨的小仓山东北麓一带的总称。据说那里曾是墓地，祭祀着许多孤魂。

着一种美妙的力量，听起来并不像是要向真一控诉些什么。

千重子一定隐隐约约地感知到真一是爱着自己的，所以千重子这番告白是为了让她爱着的人了解她的身世吗？可真一听着又不像这么回事，相反，这些话听起来像是要提前拒绝他的爱意。纵使“弃儿”是千重子编造出来的……

真一在平安神宫里再三表明千重子很“幸福”，要是为了反驳这些才说的就好了，真一一边想着，一边试探道：

“知道自己是弃儿之后，你当时寂寞吗？难过吗？”

“没有，我当时既不寂寞，也不难过。”

“……”

“我跟父亲说想上大学时，父亲却说：‘大学这东西，只会成为家族继承人——我女儿的阻碍吧。比起这些，你还是多看看家里的生意吧。’父亲这么说时，我稍微有点儿……”

“前年？”

“前年。”

“千重子对父母说的话言听计从吗？”

“嗯，言听计从。”

“结婚之类的事儿也一样？”

“嗯，我现在是这么打算的。”千重子毫不犹豫地回答道。

“你难道没有自我，没有自己的感情吗？”真一问道。

“我有，甚至太过充沛，所以现在很困扰我……”

“你想压制住它们，把它们抹杀？”

“不，不会抹杀的。”

“总说些谜一般的事情。”真一仿佛要轻笑出声，声音轻微有些颤抖。他将上身探出凭栏，想偷偷看一眼千重子。“真想看看你谜一般的弃儿的脸啊。”

“天色已经晚了。”千重子这才第一次回头看真一，眼眸中闪烁着光芒。

“好可怕……”千重子将目光上移至正殿的屋顶处。厚柏皮铺设的屋顶散发出一股厚重而阴暗的气势，似乎正在咄咄逼人地向她压来。

| 尼姑庵和格子门 |

千重子的父亲佐田太吉郎，三四天前就躲进了隐藏在嵯峨山深处的尼姑庵里。

虽说是尼姑庵，但庵主已年过六十五岁了。这座小小的尼姑庵因古都的存在，便有了些历史渊源。但庵门隐于竹林深处，寻不到踪迹，且与观光无甚缘分，遂一直保持着冷清岑寂。侧房也仅在偶尔举办茶会时使用一下而已，算不上知名的茶室。庵主经常会外出教人插花。

佐田太吉郎就借住于尼姑庵的一间侧房中，眼下他大概也适应这座尼姑庵了吧。

总之，佐田的店铺是一家开在京都市中京区的和服绸缎批发店。周围的商铺大多转为了股份公司，佐田的店跟他们一样也采取了股份公司的经营形式。太吉郎自然担任总经理一职，贸易往来则全权交付于总管（现在意义上的专务董事或常务董事）。然而，旧时的店铺特色规矩大多都保留了下来。

太吉郎年轻时起就有种名家气质，且不擅交际。他完全没有举办个人染织作品展的雄心壮志。更何况就算举办了，在那个时代也太过新潮，很难卖出去吧。

父亲太吉兵卫一直默默地注视着太吉郎的一举一动。与公司内描绘潮流花纹的设计师、公司外的画家所不同，太吉郎从不画这些。但当父亲得知并非天才的太吉郎时常陷入苦恼，并借助毒品的“魔力”绘出诡异的友禅染[1]画稿时，立刻将儿子太吉郎送进了医院。

到了太吉郎这一代，绸缎的画稿变得循规蹈矩，毫无特色。太吉郎为此十分难过，他一个人躲进嵯峨山尼姑庵也是为了获取一些天赐的构图灵感。

战后，和服的花样也有显著的转变。昔日借助毒品绘制出的怪异花样，现在想来反倒觉得是新颖的抽象派艺术品。然而，太吉郎如今也已五十五岁了。

“干脆就用古典风格算了。”太吉郎时而喃喃自

1 在布料上进行染色，是日本特有的和服印染技法之一。

语道。但昔日那些优秀作品会大量涌现至他的眼前，古代织锦断片、古代服饰的花纹色彩也全部进入了他的脑海中。当然，他也曾踱步于京都的名园野山去写生，为和服花样做素材。

女儿千重子午间时来了。

“父亲，您要吃森嘉的汤豆腐吗？我买来了。”

“啊，谢谢……能吃到森嘉豆腐确实高兴，但千重子来了我更高兴！待到傍晚再回吧，帮父亲按摩按摩脑袋吧，让我能想出个好图样……”

绸缎批发商根本无须绘制画稿，这么做反而会影响生意。

然而，太吉郎就算在店里，有时也会在放置吉利支丹石灯笼的中庭、客厅最深处的窗户边摆一张桌子，一坐就是大半天。桌子后方立着两个古朴的梧桐木衣柜，里面放着中国和日本的古代织锦断片。衣柜旁的书箱里，装的全是各国的织锦和图鉴。

后面仓库的二楼，存有许多能乐服装、女式高级和服等服饰，它们都照原样被保存得十分妥当。南洋[1]各国的印花棉布也有不少。

里面虽有太吉郎的上一辈，或是上上辈收集来的

1　东南亚地区。

东西，但开办古代织锦断片展览时，如若有客人求购，太吉郎都会十分冷漠地拒绝道：“谨遵先祖遗志，展品恕不外流。”拒绝得极为强硬，不容商量。

这是京都的老房子了，去厕所的路上定会经过太吉郎桌案旁那条狭窄的走廊。有人经过时，他便会紧蹙眉头，闷声不说话。然而，店铺那边但凡有些喧嚣，他就会用带刺般凌厉的声音呵斥道：“不能安静点儿吗？”

总管便两手伏地解释道：“大阪来客人了。”

“不买拉倒，批发商多得是！”

“他是我们的老顾客了……”

“选购和服绸缎用的是眼睛，凭嘴巴买东西，正好说明他们无甚眼力。商人只需看一眼就知道了，虽然我们家也有很多便宜货。”

“是。”

太吉郎在桌子下方的坐垫下，铺了一张带有异国情调的地毯。他的四周还悬挂着南洋名贵的印花棉布以作帷幔，这是千重子出的妙点子，帷幔还可以稍微减轻一些从店铺传来的声音。千重子经常更换这些帷幔，每次更换时父亲都会感动于千重子的体贴，给她讲一些关于帷幔的故事。例如这是爪哇国产的，那是波斯国产的，这是何时生产的，那是什么图案，等等。对于父亲详尽的解说，千重子有时也会有些摸不着头脑。

“用这些棉布做布袋子实属浪费，剪开做茶道的小稠巾又太大了，要是做腰带，能做好几条吧。”有一次，千重子环视帷幔一周后如此说道。

“拿剪子来……”太吉郎说。

父亲拿起剪刀，不负盛名，十分麻利地将充当帷幔的印花棉布剪开了。

“用这个给千重子做腰带，很棒吧？”

千重子大吃一惊，眼眶湿润了。

“不好吧，父亲？”

“没事，没事。千重子系上这条印花棉布腰带，我说不定又能想出一些新画稿呢。”

千重子去嵯峨山尼姑庵时身上系的，正是这条腰带。

太吉郎当然一眼就扫到了女儿系的棉布腰带，但他没正眼去看。这位父亲心里想着：“从印花棉布的花样来看，花纹大而华丽，色彩也有明显的轻重感。但自己如花般妙龄的女儿，系这种腰带合适吗？”

千重子把半月形便当放在父亲身旁，说：

“您稍等一下再用餐，我去准备汤豆腐。”

“……”

千重子站了起来，顺势转身望向了门前那片竹林。

“已经到竹秋时节[1]了啊。”父亲说，“土墙摇摇欲坠，墙体倾斜，大部分都剥落了。同我一样。”

千重子已经习惯了父亲这种说话方式，也不去安慰他，只是重复着父亲的话：“竹秋时节……”

“你来的路上，樱花呢？”父亲浅浅地问了一句。

“凋零的樱花花瓣浮在池面上，山林中嫩叶青葱，其间有一两株樱花树尚未凋零。从稍远处眺望，倒别有一番风味。”

“啊，这样啊。”

千重子走进了里院。太吉郎听到了切洋葱、刨鲣鱼干的声音。千重子将制作樽源汤豆腐的工具准备好，端了出来。——这类餐具都是从自家搬来的。

千重子勤快地伺候父亲吃饭。

“你也一起吃点吧。”父亲说。

“好的，谢谢父亲……”千重子回答道。

他从肩膀到胸口，将女儿打量了一番，说：

“太朴素了。千重子穿的全是我设计的画稿，会

1　春季的季语，阴历三月的别称。在这个季节竹叶会逐渐变黄，因此得名竹秋。

穿这些的可能只有千重子一人吧。穿着这些卖不出去的东西……”

“我是因为喜欢才穿的，好得很。”

“嗯，只是太朴素了啊。”

“朴素是朴素，但……”

“年轻姑娘穿得朴素点也不错。”父亲冷不防地严肃起来。

“仔细看过的人，都会夸赞这件衣服呢……”

父亲陷入了沉默。

如今，太吉郎绘制画稿已然成了一种业余爱好或是消遣。就算现在店铺已经变成面向普通民众的批发店，但太吉郎的画稿，也只是因主管顾忌主人的颜面，勉强允许印染那么两三张。而女儿千重子总会主动穿上其中一张。印染的布料是经过认真挑选的。

“只穿我绘制的。”太吉郎说道，“或者只穿自家店铺的……这种情面，我不需要。”

“情面？”千重子大吃一惊，“我不是顾忌情面才这么做的。”

“千重子要是穿得华丽点儿，早就找到好对象了。”笑容一贯很少的父亲，朗声笑了起来。

千重子在伺候父亲吃汤豆腐时，父亲那张大桌子自然而然地映入了眼帘。桌上摆放的东西，没有一样像是描绘京染[1]画稿时用的。

桌面一隅，只放了江户描金的砚台盒、两贴高野切[2]的翻印本（不如说是字帖）。

父亲来到尼姑庵，是想忘却店里那些买卖吧。千重子如此想道。

“这是六十岁老翁练的字啊。”太吉郎害臊地说，“但藤原书写的假名，线条流畅，对绘制画稿也并非全无帮助啊。”

“……”

“惭愧的是，我的手总是会抖。”

“把字写大一些如何呢？”

“我已经写得很大了……”

“砚台盒上面那个旧串珠是？”

“啊，那个啊。那是问庵主讨来的。”

“父亲是戴着那个做礼拜的吗？”

“用当今的话来讲，这算是个吉祥物吧。但有时也想把它含入口中，咬个稀碎。”

“啊，多脏啊！多年盘下来，串珠都被手垢弄

1　京都印染的印染物的总称，包括红染、鹿子染及上文中的友禅染。

2 《古今和歌集》最古老的抄本，因其收藏在日本高野山的寺庙中，而得名“高野切”。

脏了。”

“这有什么脏的，这可是二代、三代尼姑们信仰的印证。”

千重子感觉触及了父亲的悲伤，沉默地低下了头，将剩下的汤豆腐端进了厨房。

“庵主呢？”千重子从里院走出来，问道。

“快回来了吧，千重子打算怎么办？”

“我在嵯峨山上转转就回去。现在岚山的游客很多，我喜欢野野宫、二尊院的路，还有仇野。”

“千重子还这么年轻，就喜欢这种地方，真是前途堪忧啊。可别像我一样。

“女子怎么能像男人呢？”

父亲站在外廊，目送着千重子离去。

不一会儿，老尼姑就回来了，回来后又立马开始打扫庭院。

太吉郎坐在桌前，脑海中浮现出宗达[1]、光琳[2]画的蕨菜，想到了春天的花草画。而后，又想念起刚刚才离去的女儿千重子。

千重子刚走到村庄的道路上，那间父亲隐居的尼

1　俵屋宗达，京都画家，宗达光琳派这一装饰画派的始祖。

2　尾形光琳，日本德川幕府时期的艺术家，是宗达光琳派的集大成者。

姑庵便隐入了竹林之中，不见踪迹。

千重子本打算去仇野的念佛寺参拜，便登上了古旧的石梯，然而，攀至左山崖立着两尊石佛那里，上方却传来了人群嘈杂声，她便停下了脚步。

这里有上百座石塔，人们把这些视为“无缘佛”之类的东西，即死去后无人祭拜的孤魂。近来时兴举办摄影会，一般会让女性身着极为单薄的衣物，站在小石塔群里照相。今日大概也是如此吧。

千重子从石佛前面走过，下了石阶。她想起了父亲说过的话。

不管是刻意回避春日里岚山的游客们，还是想去仇野和野野宫，啊，原来这都不像是一个年轻女孩儿的行为啊。这比穿着父亲绘制的朴素花样的衣服，还……

“父亲在那座尼姑庵里，好像什么也没做啊。”一丝薄薄的寂寥渗入了千重子的心底，“啃咬那满是手垢的老旧串珠，父亲，究竟在思考着什么呢？”

在店里，父亲有时会极力压制住自己体内某种像是要把串珠咬个粉碎般的冲动。千重子是知道的。

“不如咬我的手指好了……”千重子自言自语道，转而摇了摇头。心绪飘至与母亲二人去念佛寺敲钟的事上。

这座钟楼是新建的。母亲身形小巧，撞钟撞得不响，千重子便说着，“母亲，注意呼吸”，然后把手掌贴上母亲的手掌，和她一起撞钟。钟声嘹亮。

“真的啊，这钟声能有多响啊？”母亲十分高兴。

“瞧，我们同敲惯钟的和尚的敲法也不同。”千重子笑了起来。

千重子一边回忆这些往事，一边漫步于去往野野宫的小径上。小径旁写上“通往竹林深处”的时日还不算久远，但曾经的幽暗小径如今变得明亮多了。门前的小卖店也正在吆喝叫卖。

然而，小小的神社却依旧如故。《源氏物语》中也有提及，据说侍奉伊势神宫的斋宫（内亲王）曾隐居此处，以洁净的身躯斋戒沐浴了三年，此处正是那神社的遗址。这里因未去皮的黑木制成的鸟居、小篱墙而闻名于世。

自野野宫的宫前走入田间小道，岚山便在眼前铺展开来，广阔无垠。

千重子在渡月桥前岸边的松树林荫处，乘上了公车。

“回家后该怎么说父亲的事才好呢……母亲应该早就预料到了吧……”

中京的商家们在明治维新前的“铁炮轰炸”“烈火猛烧”[1]等浩劫中，大多都被烧毁殆尽。太吉郎的店铺也未能幸免。

因此，这附近的店铺虽还保留着红格子门、二层的格栅窗等古京都的风格，但实际上连百年历史都未到。——据说太吉郎店里的仓库并未在那场大火中被烧毁……

太吉郎的店铺几乎没有被改装成当代风格，其中缘由固然在于主人的人品，但也有部分原因在于批发店的生意日渐凋零吧。

千重子回家后打开了格子窗，她甚至能看到屋子最深处的光景。

母亲阿茂一如既往地坐在父亲桌前，吞吐着烟雾。左腕托腮，由于她正屈着后背，看着像是在读书写字，但桌上什么都没有。

“我回来了。”千重子挨到了母亲边上。

“啊，你回来了。真是辛苦你了。”母亲像是刚回过神来，“你父亲怎么样了？”

“嗯……”

---

1 1864年日本京都发生了武力冲突事件，该事件被称为禁门之变，又称蛤御门之变。禁门之变中，大炮被投入使用，京都市区的战火烧毁了约3万户民宅。

千重子在思考如何回答的空当里说："我买了豆腐带去了。"

"是森嘉的吗？你父亲一定很高兴吧？做的汤豆腐？"

千重子点点头。

"岚山怎么样呢？"母亲又问道。

"人好多……"

"你父亲把你一直送到了岚山？"

"没有，因为庵主不在……"

接着，千重子又答道："父亲好像在练习书法。"

"练书法啊。"母亲毫不意外的模样，说道，"书法可以平心静气，甚好。我也曾练过。"

千重子仔细瞧着母亲白皙而高雅的脸庞，但她脸上的表情千重子却一样都没读懂。

"千重子。"母亲平静地唤道，"千重子，你并不是非要继承这家店铺不可的……"

"……"

"如果你想嫁人，就去嫁吧。"

"……"

"你听清楚了吗？"

"母亲为什么要这么说？"

“一句话说不清，但母亲也五十岁了，这是我仔细考虑后才说的。”

“那干脆不做这个买卖算了……”千重子那双美丽的眼眸里噙着泪。

“怎么扯得这么远……”母亲微微地笑了。

“千重子，你说我们家的买卖不如不做，这是真心话吗？”母亲的声音并不高，但态度却变得严肃起来。——千重子刚刚看到的母亲的微笑，难道看错了吗？

“是真心话。”千重子回答道。苦楚穿胸而过，直抵心头。

“我没生气，你不要做这副表情。可以直抒胸臆的年轻人和只能默默接受的老人，哪个更寂寞呢，你应该明白了吧？”

“母亲，请您原谅我。”

“这有什么原不原谅的……”

这回母亲的嘴角真的扬了起来。

“母亲方才对千重子说的话，可能不太合适……”

“千重子也稀里糊涂，完全不知道自己说了什么。”

“作为人——女人也是如此，最好自始至终坚持自己说过的话，不要改变。”

“母亲！”

“你在嵯峨山上，是不是也对父亲说了同样的话？”

“没有，我什么都没向父亲说……”

“这样啊，你不妨这么对父亲说说看……他作为男人，听完可能会生气，但内心深处一定很高兴。”母亲按着额头，“我坐在你父亲的桌子前，就思考着你父亲的事。”

“母亲，您都预料到了吗？”

“预料到什么？”

母女二人一时陷入了沉默。千重子待不住了，便说：“该准备晚饭了，一起去锦市场[1]看看吧？”

“不了，你一个人去吧。”

千重子站起身，向店铺那边走去，随后下到了土间[2]。这个土间形状狭长，直通内室。店铺对面的墙边，列着一排黑色的炉灶，那便是厨房。

如今肯定不会使用炉灶了。炉灶的深处装着煤气炉，又铺设了地板。若是跟原先一样，下面用通风的石灰来挨过京都的酷寒冬日，实属痛苦。

1　位于京都市中京区中部锦小路通中的一条商店街，主要销售鲜鱼、生鲜食物、京都特有食材等。

2　家中没有铺设地板，只铺了土的地面。古时的土间，一般连接着厨房。

但炉灶还没拆毁（许多人家都留着），或许也是大家普遍信奉炉灶之火神——灶神的缘故吧。炉灶的后方供奉着镇火的符纸，还摆着一排布袋神[1]。布袋神共有七尊，每年初午[2]都会去伏见稻荷大社请一尊回家。若是这期间家中有人过世，就会从第一尊开始重新请齐。

千重子家店里的炉灶神已经请齐七尊了，因为只有父母和女儿三口人，这七到十年来都没有人过世。

这排灶神的旁边摆着一只白瓷花瓶，母亲每隔两三天就会去换水，还会仔细地擦拭架子。

千重子拎着购物篮出门后，看到一个年轻男人晚她一步迈入了自家的格子门。

“银行来的人吧。”

对方好像没有注意到千重子。

千重子想着，这位年轻的银行员工经常来，不必过于担心，但脚步却变得沉重起来。她走近了店铺的前格子门，边走边用手指尖轻轻地触碰着前格子门的每一根木条。

1　七福神之一，中国唐末、后梁时代的禅人，名唤契此。世传他为弥勒菩萨之应化身，露着肚子，背着装有生活用具的袋子在市井中走动，能预测人的命运。

2　二月第一个午日，日本稻荷神社举办庙会的日子。

走到了店铺格子门的尽头，千重子回身看了看店铺，随后将目光上移。

二层的格栅窗前悬着的旧招牌映入她的眼帘。这个招牌上还附带了一个小屋檐，就像是老字号的标识，也像是个装饰。

和煦的春日斜阳，钝钝地撒在招牌泛旧的金字上，反而让人感到寂寥。店铺的厚布门帘也褪色泛白，露出了粗线头。

“唉，即便是平安神宫的红色垂樱，有了我这份心境，也会觉得寂寞吧。”千重子加快了脚步。

锦市场里人山人海，一如往日。

折回到父亲店铺附近时遇到了卖花女，千重子主动搭话道：

“到我家转转吧。”

“谢谢小姐，您回来了？真巧在这里……”卖花女郎说道，“您去哪儿了？”

“去锦市场了。”

“您真能干啊。”

“供神的花……”

“嗯，每次都……您看看，喜欢这个吗？”

说是花，不如说是祭神用的杨桐。说是杨桐，不如说是其嫩叶。

每月的一日和十五日，卖花女都会带着它过来。

“小姐今日在家，真是太好了。”卖花女说道。

千重子挑选小枝的嫩叶时，心情也十分雀跃。她一只手握着这些杨桐，进了家门。

“母亲，我回来了。”千重子的声音听起来活泼极了。

千重子再次把格子门打开一半，朝街上望了望。卖花女郎还在那里，她便呼唤道：

“进来休息一下再走吧，我给你沏杯茶。”

“好，谢谢您。总是这么体贴……”女郎点了点头，然后举着野花，走过了土间。

“就是些无甚情趣、平平无奇的野花……”

“谢谢，我喜欢野花，你还记着呀……”千重子说罢，望向这些山野的花儿。

一进门，炉灶跟前有一口老井，井上盖着一个竹子编成的井盖。千重子将野花和杨桐放在了井盖上。

“我去拿剪子。对了，杨桐的叶子也必须得洗一下……”

“这里有剪子。”卖花女一边弄出响声，把剪子给千重子看，一边说道，“您家里的炉灶一直都这么干净，我们这些卖花的也发自内心地感激啊。”

“这是母亲收拾的……”

“小姐您也……”

“……”

“最近的人家，无论是炉灶，还是花瓶、水井上面都积满了灰尘，脏得很啊。所以卖花人看了，也越发同情他们。但来到您家里，我就松了一口气，十分开心呢。”

“……”

自家要紧的生意日渐萧条，千重子却不能对卖花女吐露半点。

母亲仍然坐在父亲的桌前。

千重子把母亲叫到厨房，给她看了看在市场买来的东西。母亲看着女儿从篮子里拿出并摆好的东西，心中感慨道，这个孩子也变得俭省了。或许是父亲去了嵯峨山的尼姑庵，不在家吧……

“我也来帮忙。”母亲站在厨房问，“刚刚那位，是常来的卖花女吧？”

“是的。”

“千重子，你送给你父亲的画册是放在嵯峨山的尼姑庵了吗？”母亲问道。

“不知道啊，没看到……”

“千重子给他的书，他全带走了才对。”

那些画册收入了保罗·克利[1]、亨利·马蒂斯[2]、马克·夏卡尔[3]，以及更为现代的抽象派画作。那是千重子专门为父亲买来的，想着它们或许可以激发出父亲新的创作灵感。

“咱们家吧，并不需要你父亲去画什么画稿，选别人染好送来的卖就足够了，但你父亲……”

母亲接着说：“可是千重子总是穿你父亲设计的和服，母亲也该跟你道谢呢。”

“道什么谢……我是因为喜欢才穿的。”

“你父亲看到女儿的和服和腰带，不会觉得太朴素吗？”

“母亲，这些衣服虽然朴素，但是仔细看的话，还是很有韵味的。还有人夸赞哩。”

千重子回想起，今天跟父亲也说了同样的话。

---

1 保罗·克利（Paul Klee，1879-1940）瑞士现代艺术家，年轻时受象征主义与年轻派风格的影响，作品多为蚀刻版画，借以反映对社会的不满。后来又受到印象派、立体主义、野兽派和未来派的影响，画风变为分解平面几何、色块面分割。

2 亨利·马蒂斯（Henri Matisse，1869—1954）法国著名画家、雕塑家、版画家，野兽派创始人和主要代表人物。

3 马克·夏卡尔（Marc Chagall，1887-1985）白俄罗斯裔法国画家。超现实主义画家，画作多呈梦幻、象征性的手法与色彩。

“漂亮小姑娘特地穿得素净一些，有时候也很合适……”母亲掀起锅盖，将筷子伸进锅里的炖菜，说道，“你父亲为什么不再绘制那些华丽的、时髦的东西了呢？”

“……”

“你父亲曾经也画过无比华丽、无比新奇的东西呢……”

千重子虽然点点头，但接着问道：“母亲为什么不穿父亲设计的和服呢？”

“母亲上了年纪……”

“上年纪，上年纪，您才多大呀！”

“总归是上了年纪啊……”母亲只是一味这么说着。

“被誉为人间国宝[1]的小宫先生设计出的无形文化遗产——江户小纹[2]，年轻人穿上反而更好看、更夺目呢。就连擦肩而过的人，都要回头瞧一眼呢。”

“怎么能将你父亲与小宫先生那样的大人物相提并论呢？”

“我父亲要从精神境界来讲……”

1 “人间国宝”制度为日本首创，该制度在非物质文化保护和传承中发挥了极大作用。从1955年起，日本政府开始在全国不定期地选拔那些有“绝技”“绝艺”“绝活儿”的老艺人、工匠等大师级人物，将他们认定为“人间国宝”。

2 江户小纹是一种精细而小巧的和服花样，从远处看甚至看不出花纹的图样。

“你说得太深奥啦。”母亲动了一下自己京都风的白皙面庞，说，“但是啊，千重子，你父亲也说要为你的婚礼做一件绚丽夺目的华美礼服……我也早就期待上了……”

“我的婚礼？”

千重子的神情黯淡下来，久久不作声。

“母亲，您这一生中，至今为止有什么曾令您的内心大为震颤的事情吗？”

“嗯，之前可能也跟你说过了。那就是跟你父亲结婚时，以及和你父亲一起把可爱的小千重子拐来逃跑时的事。也就是把千重子拐走，然后坐车逃跑的时候。虽说已经过去了二十多年，但现在回想起来，心脏还是怦怦直跳呢。千重子，你来摸摸我的胸口。”

“母亲，千重子是被人遗弃的吧？”

“不是！不是！”母亲使劲摇了摇头。

“人啊，一生之中总要做那么一两件非常可怕的坏事。”母亲接着说道。

“拐走别人的小婴儿比抢钱、抢走其他什么的都要罪孽深重吧，或许比杀人还要坏。”

“……”

“千重子的父母肯定发了疯般的难过吧。我每每想到这里，就想立马把你还回去，可现在已经还不了了。千重子如果说想寻找亲生父母，可就没法子了……但我这个母亲，或许也活不下去了。”

“母亲，您不要说这种话了……千重子只有您一个母亲，我从小长到大一直都是这么想的……”

“我很清楚。但正因如此，我们的罪孽就更深了……我已经做好跟你父亲二人一起坠入地狱的思想准备了。地狱算什么，怎么比得上今生有一个可爱的女儿呢？”

千重子看向语气激动的母亲，发现她的泪珠已顺着脸颊流了下来。千重子眼中也噙满泪水，问道：“母亲，请您跟我说实话。千重子真的是弃儿吗？”

“不是！我都说了不是……”母亲再次摇头，“千重子为什么这么执着地认为自己是弃儿呢？”

“因为我怎么都无法相信，父亲母亲竟会去偷婴儿。”

“我刚刚不是说了嘛，人这一辈子总要做那么一两件震颤心灵的、非常可怕的坏事。”

“如若这样，那你们是在哪儿捡到千重子的呢？”

“夜樱盛开的祇园啊。”母亲没有停顿，“我以前可能也说过了，在樱花树下的长凳上，躺着一个可爱的小婴儿。她看着我们，就绽放出花儿一样的笑容，让人不得不把她抱起来。抱起来后，我心头就一紧，再也忍不住了。用脸蹭蹭她的小脸蛋，看向你的父亲。你父亲便说：‘阿茂，我们偷了这孩子赶紧逃跑吧。’‘啊？’‘阿茂，快逃，赶快逃！’然后我们就不顾一切地逃走了。好像是在卖芋棒[1]的平野家附近，匆忙跳上车……”

“……”

“小婴儿的母亲可能临时有事去了别处，我们就趁机把小婴儿抱走了。”

母亲的话，并非毫无逻辑。

“命运……自那之后，千重子就成了我们家的孩子，已经有二十年了吧？不知这对千重子来说是好事还是坏事，就算是好事，我也一直在心底道歉，在心中合十双掌，请求得到宽恕。你的父亲大概也是如此吧。”

“是好事！母亲，这对我来说是好事！”

千重子说着，用双手覆在了眼睛上。

无论是捡来的还是抢来的，报户籍时千重子是以佐田家长女的身份上报的。

1　京都的招牌菜，用山药和干鳕鱼做成的炖菜。

父母第一次向她坦白她并非自家亲生女儿时，千重子完全没有感觉。当时正读初中的千重子甚至怀疑，是自己做了让父母不称心的事，他们才这么说的。

是父母害怕邻人闲言飘入千重子的耳中，所以先行坦白的呢？还是他们相信千重子对他们的爱足够深厚，考虑她多少也到了明事理的年岁呢？

千重子的确吃了一惊，但却没那么伤心。虽说到了青春期，但她并未在此事上苦恼纠结。她既没有改变对太吉郎和阿茂的亲近和敬爱，也不在乎这件事。不会被其所禁锢，就不会想努力挣脱其束缚。大抵是千重子的天性如此。

然而，如果她并非父母的亲生女儿，那么她的亲生父母理应生活在某个地方。或许她还有兄弟姐妹。

“并非想与他们相见……”千重子琢磨着，“他们的生活肯定比这里艰苦。”

但千重子也毫无依据。反倒是住在这间带旧格门的深邃小店的父母，他们的担忧深深地渗入了她的心头。

这也正是千重子在厨房用手覆住双眼的缘由所在。

“千重子。”母亲阿茂将手放在女儿的肩膀上，摇了一摇。

“不要再问过去的事情了。这世上，没人知道玉石会在何时何地落下。”

“玉石，很珍贵的玉石。如果这玉石能给母亲做个指环就好了……”千重子说罢，麻利地干起了活。

晚饭后收拾完毕，母亲和千重子上了后面的二楼。

前面带格栅窗的二楼，天花板很低，是个安置店里学徒们睡觉的简陋房间。中庭边上的走廊，直通后面二楼。从店铺也能上去。后面的二楼曾用来接待大主顾或留其住宿，现如今，大部分顾客都在中庭的客厅里招待，洽谈生意也在那里。虽说是客厅，其实就是一个从店铺直达后楼的连廊，两侧还放着堆满了和服绸缎的架子。这个客厅又宽又长，摊开货品给客人展示起来十分方便。客厅里常年铺设着藤席。

后面二楼的天花板很高，有两间铺设六张席的房间，现在是父母和千重子的起居室和寝室。千重子坐在镜前，松开了发髻，长长的秀发被拢得整整齐齐。

“母亲。”千重子呼唤着隔扇对面的母亲。那呼声中蕴含着诸多心绪。

| 和服之街 |

京都作为大城市，树叶的颜色极美。

修学院离宫[1]、京都御苑里的松林，古寺宽广庭院里的树木自不必说，木屋町和高濑川畔的垂柳，五条及护城河畔的垂柳等树木都在京都市内，一下就吸引了旅人的目光。那是真正的垂柳。翠绿的枝条几乎要垂到了地面，轻盈柔美。北山上的赤松，柔柔地绘出圆溜溜的树冠，绵延不绝。

尤其现下正值春日，还能看到东山上嫩叶的新绿。如若天气放晴，甚至能眺望到比叡山上嫩叶的葱翠。

树之秀美，大抵是因为街道整洁干净，道路清扫得格外细致。祇园等地同样如此，走进深处的小巷，幽暗而古朴的小房子成排而立，但道路却不脏乱。

1　日本最大的庭园建筑群，是日本三大皇家园林之一。

制和服的西阵一带也是这样。虽然挤满了外表看着就很寒酸的小店，但路却不怎么脏。即便有小格子，上面也没沾染上灰尘。植物园之类的也是一样。地面上没有乱撒的纸屑。

美军曾在植物园里搭了营地，当然，日本人禁止入内。但军队撤走后，这里又恢复了原样。

住在西阵的大友宗助，很中意植物园里的一条林荫道，那是条樟树林荫道。樟树体型不大，路也没那么长，可他常去那里散步。樟木抽芽的时节也……

“那些樟树，现在如何了？”他曾在嗡嗡作响的织机声中惦念起它们。不会被占领军砍倒了吧？

宗助一直等待着植物园重新开放。

出了植物园后，奔着鸭川沿岸向高处再攀一截，是宗助散步时的习惯。这样还可以远眺北山的风景。他一般都是独自前行。

虽说是去植物园和鸭川，但宗助顶多只用一个小时左右。然而，他却很怀念这样的漫步。至今仍记忆犹新。

“佐田来电话了。”妻子唤他，“像是从嵯峨那边打来的。”

“老佐田？从嵯峨打来的？”宗助说着走向了

账房。

开织布店的宗助比开批发店的佐田太吉郎小那么四五岁，但抛开买卖不提，他们倒也志趣相投。他们也曾有过“臭味相投”的年少时光，但近来多少有些疏远了。

“我是大友，好久不见了……”宗助接起了电话。

“啊，大友先生！”太吉郎的声音异常激动。

“你去嵯峨啦？”宗助问道。

“我悄悄地躲在嵯峨山上一个隐蔽的尼姑庵里呢。”

“听起来真可疑。”宗助故作客套地说道，“尼姑庵也有各种……”

“不是，是货真价实的尼姑庵……住着一个年迈的庵主……”

“那更好啊！只有庵主一个人，佐田你就可以和年轻小姑娘……”

“说什么鬼话！”太吉郎笑了，“今天是想拜托你帮个忙。”

“好说，好说。”

“我现在能登门造访吗？”

“欢迎，欢迎。”宗助心里犯着嘀咕，“我现在走不开，你在电话里也能听到织机的声音吧。”

“那是织机的声音啊，好怀念啊。”

“说什么呢，如果织机的声音都停了，那成什么样了？这儿可不是你藏身的尼姑庵。”

不到半小时，佐田太吉郎就坐车到了宗助的店铺里。他神采奕奕，立马打开了包袱，说道：

“想拜托你这个……”

说罢，展开了画稿。

“哦？”宗助瞧了瞧太吉郎的脸，“腰带呀！就你而言，这图样可真是极其新颖华丽了。哎呀，难道是你藏在尼姑庵里那人的……”

“你又来了……”太吉郎笑嗔道，“这是给我女儿的。”

“哇，这织好后，令爱指定会吓一大跳吧！最要紧的是，这么华丽的腰带她会系吗？”

“实际上，千重子送了我两三册克利的厚画集。”

“克利？克利是谁？”

“据说是个抽象派先驱类的画家，画风温柔细腻，品味高雅，画中藏着诗情画意的梦，甚至能引起日本老人的内心共鸣。我在尼姑庵里反反复复地品味了许久，这才画出了这番图样啊。这与日本古代织锦断片完全不同吧？”

“是啊？”

“究竟能做成什么样呢，我想先让大友你帮我织出来看看。”

太吉郎的兴奋劲儿还没过去。

宗助捧着太吉郎的图样，细细地品了一阵。

“哇，真不错。色彩搭配也……真好。对佐田来说，这图样非常新潮，是之前没画过的。但实则十分素雅，很难织啊！我就用心帮你织织看吧，不知道能不能织出女儿的一片孝心和父母对子女的拳拳爱意呀。”

“真是谢谢你了……近来大家总是说些什么灵感呀、品味呀之类的话。往后啊，指不定连颜色也时兴西洋那派了。”

“那东西也不显高级呀。”

“我啊，特别讨厌带洋字的玩意儿。日本自昔日的王朝时代起，就已经有无比优雅的颜色了，不是吗？”

“对，单说黑色，就有好多种呢。”宗助点点头说，“话虽如此，今天我也在想：在制腰带的店铺中，也有伊豆藏先生那样的……他那儿是个四层的小洋楼，做现代工业。西阵大概也会变成那样吧，一天能产五百条腰带，不久之后店里员工也要参与经营，他们的平均年龄据说才二十多岁。像我们这种用手织机的家庭手工业，在二三十年内就会被淘汰掉吧。”

“说什么傻话呢……”

“就算侥幸存活，也不会成为无形文化遗产之类的吧。”

“……”

“像佐田你这样的人，还知道克利什么的……”

“就算是保罗·克利，也曾隐于尼姑庵，十天半个月里夜以继日地钻研过呢。这条腰带的花样和颜色，手艺很纯熟吧？”太吉郎说道。

“很纯熟，有日本风格的高雅。”宗助急忙说，“不愧是佐田你啊，就让我来给你织一条漂亮的腰带吧。设计个好样式，仔细地给你做出来。对了，让秀男代我给你织吧，他是我家长子，你知道的吧？”

“啊？”

“因为秀男织得比我精细多了……”宗助解释道。

“总之，就麻烦你给我织得精细些了。我们家虽然是批发商，但货物经常会卖到地方上去。”

“您说的什么话。”

“这条腰带不是夏天系，而是秋天要系的，麻烦你尽快做吧……”

“好，我知道了。你要用什么和服配这条腰带呢？”

“我只顾着考虑腰带了……”

“你是批发商，和服嘛，可以多挑几个好的……那些都好说，不过，你这是在为女儿的结婚做准备吗？”

“不是，不是。”像说起自己的事一般，太吉郎的脸慢慢涨红了。

据说西阵的手织机很难连传三代。总之，因为手工纺织相当于一种工艺吧。无论父母是多么出色的织布工，譬如说技艺十分高超，也不一定能传授给子女。不是说儿子仰仗父母的技艺高超，自己偷懒不学习，而是说即便他勤勤恳恳地努力学习，也不一定能学到手。

但也有这种情况：孩子到了四五岁，先让他学习缫丝。等到了十一二岁就教他使机子，不久后他就能分担承包租机的工作了。因此，孩子多了也能帮助家庭壮大家业。此外，就算是六七十岁的老妇，也可以在自家缫丝。所以也有人家中的祖母和年轻的孙女相对而坐，面对面缫丝。

大友宗助家中，他年迈的妻子一个人卷着制腰带的丝线。由于长年来一直低着头坐着干活，因此她看起来比实际年龄还要苍老，而人也变得沉默寡言了。

他有三个儿子，每人都操着一台高机[1]织腰带。家里有三台高机，家境自然不错。有的人家只有一台织机，有的人家还得借织机来用。

而长子秀男，正如宗助所言，手艺比父母还高超，在纺织厂和批发商中也小有名气。

“秀男，秀男！”宗助唤他，但他似乎没有听见。这里并没有摆放很多台机械织机，三台织机又都是木制的，噪音没有那么大，而且宗助呼喊声也足够大了。但秀男的织机在靠近院子的最里面，他织的又是最难的双层腰带，或是因为他织得全神贯注，似乎完全没有听到父亲的呼喊声。

“老婆子，可以把秀男叫到这里来吗？”宗助跟妻子说。

“好。”妻子拍拍膝头，下了土间。朝秀男那台织机走去时，还握了拳捶打着腰部。

1　手织机的一种，又被称为大和机、京机。座位比普通的手织机要高一些，故取名高机。

秀男停下操作织机综框的手，看了看这边，但他却没有立马起身，或许是因为太累了。他知道有客人来了，不好去活动活动手腕再伸个懒腰，便只擦了把脸就过来了："这里太简陋了，欢迎欢迎。"他板着脸朝太吉郎打了个招呼。

"佐田先生啊，绘制了一个腰带的图样，想让咱家帮他织出来。"父亲说道。

"这样啊。"秀男的语气依旧不大高兴。

"这腰带很重要，所以秀男你织比我织要好。"

"这是您女儿千重子的腰带吗？"秀男白皙的脸庞，这才首次看向了佐田。

见儿子有些简慢，出于京都人的习惯，父亲宗助赶忙打圆场道：

"秀男从一大早就开始干活，累坏了……"

"……"秀男没有作声。

"不这么钻研，是干不好工作的呀……"太吉郎反倒来安慰他。

"那虽是个无趣的双层腰带，但我的心思却全在它身上，请您原谅。"秀男仅是低了低头。

"好！匠人如果不这么做，那可不行！"太吉郎连点两下头。

“即便是无甚趣味的东西，却能看出是我的织艺，反而更难堪了。”秀男说着，低下了头。

“秀男啊。”父亲换了种语气，说，“佐田要织的和那不一样。佐田啊，隐居在嵯峨山的尼姑庵里画出了画稿，不是要卖的。”

“这样啊。哦，在尼姑庵里……”

“你也看看吧。”

“嗯。”

太吉郎被秀男的气势压制住了，刚进大友店里来的那股兴奋劲儿，也消下去一大半。

他在秀男面前展开了画稿。

“……”

“你不厌烦吧？”太吉郎嗫嚅着说道。

“……”秀男默不作声，凝视着画稿。

“不行的吧？”

“……”

儿子执拗地一言不发，宗助沉不住气道：

“秀男！回话啊！太没礼貌了！”

“嗯。”秀男还是没抬脸，“因为我也是匠人，这才敬观了佐田先生的画作。毕竟这可不是个普通的活儿，这是千重子小姐的腰带呀。”

“是的。”父亲点了点头，可又很纳闷，秀男跟平常不大一样。

“不行吗？”太吉郎又问了一遍，语气终于变得严厉起来。

“蛮好的。”秀男平静地说，“我没说不行。”

“你虽然嘴上没说，但心里……你的眼睛已经告诉我了。”

“是吗？”

“你说什么？”太吉郎站起身，一拳揍向秀男的脸。秀男没有躲开。

“您打我几拳都行，因为我做梦都没认为佐田先生绘的图样很无趣啊。”

兴许是因为挨了揍，秀男的脸反倒显得更有气色了一些。

而后，挨了揍的秀男双手撑地向他道歉，连摸都没摸一下已然变得彤红的半边脸蛋。

“佐田先生，请您原谅我。”

“……”

“我知道您很生气，但这条腰带还是让我来为您织吧。”

“好吧，我本来也是来拜托你的。”

于是太吉郎努力平复了情绪，说：

“也请你原谅。我都这把年纪了，还这个样子，实在是不应该。打了你的手也很疼……”

“把我的手借给您就好了。织工的手，早就变得皮糙肉厚了。”

二人都笑了。

但太吉郎心底那块疙瘩还没解开。

“我甚至都想不起来多少年没打过人了。——这回啊，承蒙你的原谅。但我想问你啊，秀男，你看到我的腰带图样时，为什么神情那么古怪？你能不能跟我直言呢？”

“嗯。”秀男的脸又沉下来，说，“我年岁不大，再加上匠人这玩意都没琢磨明白。您不是说，这是您隐居于尼姑庵绘制出的吗？”

“是的，我今天也要回庵里去。嗯，还要待半个多月……”

“算了吧。”秀男加强了语气说道，“您还是回家去吧。”

“我在家静不下心呀。”

“这条腰带的花样华丽而张扬，它非同寻常的新颖也让我一时惊呆了。心里琢磨着佐田先生为什么会绘出这般图样呢？因此，就一直凝神细看……”

“……”

“虽然它很有冲击力，很有趣，但却全然没有那种内心温暖的和谐。我也说不清楚，就是有一种荒芜而病态的感觉。”

太吉郎脸色煞白，嘴唇颤抖，说不出话来。

“不管怎样冷清的尼姑庵，都不会有狐狸或狸猫缠上佐田先生吧？”

“唔。”太吉郎将那图样拉到自己膝头，看出了神。“啊……你说得对。你年纪虽小，但真是了不起啊。谢谢你了……我再好好考虑一下，重画一幅。”太吉郎慌慌张张地将画稿一卷，揣进了怀里。

“没有，这样已经很好了，而且织出来的感觉也和手稿不一样，水彩和染丝的颜色也……”

“谢谢。秀男你能将这个画稿的色调改成暖色，暖得像我对女儿的爱的颜色，然后织出来吗？”太吉郎说罢，草草打了个招呼便告辞了。

一出门，有一条细细的小河。这条小河极具京都味儿。岸边小草的形状也很传统，向水而斜。岸边那堵白墙里，正是大友家吧。

太吉郎在怀里把腰带画稿揉成小团，扔进了河里。

突然接到丈夫打来的电话，问要不要带着女儿一起去御室[1]赏樱，阿茂一时不知如何是好。她从未跟丈夫去赏过花什么的。

"千重子！千重子！"阿茂呼唤着女儿，想让她来拿主意，"你父亲的电话，你来接一下……"

千重子过来了，一边将手搭在母亲肩膀上，一边接过了电话。

"好的，我会带着母亲一同前去。请您在仁和寺前的茶馆等我们吧。好吧，尽量早些……"

千重子放下电话，看着母亲笑了。

"是叫我们去赏樱花嘛，您真是吓我一大跳。"

"为什么还叫我一起去呢？"

"因为御室的樱花现在开得正旺呢……"

千重子催促着还在迟疑的母亲，出了店铺。母亲还有点摸不着头脑的样子。

御室的有明樱和八重樱，是城里的樱花中花开较迟的品种，在京都樱花季中压轴登场。

一进仁和寺的山门，就见左手边的樱花林（或者说是樱花田）中花开烂漫，簇簇的樱花压弯了枝桠。

1　京都府京都市右京区的一个赏樱名胜。

但太吉郎却说：“哇，这可不行！”

原来樱林这一路上竟摆了一排大长凳，人们喝着唱着，好不喧嚣，一片狼藉。有些乡下老妇正兴高采烈地跳着舞，还有的醉汉鼾声震天，从长凳滚落到了地上。

“怎么变得这么糟糕啊？”太吉郎有些冷漠地站在那里。三个人都没有走进花丛中。但其实，他们早就对御室的樱花很熟悉了。

樱林深处的树丛中，焚烧着赏花游客丢下的垃圾，烟雾缭绕升腾。

“我们逃到一个清净点的地方去吧！好吗，阿茂？”太吉郎问道。

正准备回去时，忽然看到樱林对面的高高的松树下也摆着长凳，六七个朝鲜女子身着朝鲜服饰，击打着朝鲜鼓跳起了朝鲜舞蹈。那边的场景远比这里要有情趣且文雅。从松林绿叶的间隙中，还能窥到山樱的踪影。

千重子停下了脚步，远远地欣赏起朝鲜舞，说道：“父亲，还是清静点好，植物园怎么样？”

“对，听起来不错。御室的樱花，只需看上一眼就行，就算好好地过完这个春天啦。”太吉郎说着走出山门，坐上了汽车。

植物园从今年四月起重新开放，许多新开设的通往植物园的电车，从京都站前频频开出。

“如果植物园人也很多，我们就去加茂川岸边稍微走走吧。”太吉郎对阿茂说。

汽车在满是新绿的街道中穿行。相较新建成的房屋，那些古香古色的老屋更能衬出嫩叶的生机勃勃。

植物园自门前的林荫道起，就显得宽广而明亮。左边是加茂川的堤岸。

阿茂将门票掖在腰带里，看着眼前开阔的景致，她的内心也豁然开朗起来。批发街上只能眺望到山边一角，更何况，阿茂都很少会走出店门前的那条街道。

走进植物园，只见正门喷泉的周围开满了郁金香。

“这里的景致跟京都的风格相差甚远啊，难怪美国人要在这里搭建房屋呢。”阿茂说道。

“喂，那是在更里面建的吧。”太吉郎回答。

走到喷泉附近，此刻并无春风吹拂，但却见小朵的水花四处飞溅着。喷泉左边有一个巨大的温室，温室的圆屋顶是用钢筋和玻璃建成的。他们三人并没有进去，只是透过玻璃瞄了瞄里面成群的热带植物。因为他们散步的时间很短。道路右侧，巍峨挺拔的雪松刚冒出新芽，下层的枝椏贴着地面生长蔓延。虽说是针叶树，但新芽那柔柔软软的绿色，怎么都无法让人联想到“针”之类的字眼。它和日本落叶松不同，不属于落叶树。但如若它是落叶树，那就真可谓是梦幻般的抽芽了。

“真是输给大友他儿子了啊。”太吉郎没头没脑地说道。

“他比他父亲手艺好，眼光也犀利，甚至能看穿我内心的最深处啊。”

太吉郎喃喃自语着，当然，阿茂和千重子完全不知道他在说什么。

“您见到秀男了？”千重子问。

“听说他是一个好织匠啊。”阿茂只接了一句。太吉郎向来讨厌别人刨根问底。

顺着喷泉右侧往前走，走到道路尽头，向左转好像是孩子们的游乐园。远远的能听到一众孩童的嬉戏声，草坪上还有许多堆放在一起的小行李。

太吉郎一行三人从树荫处向右拐，却出乎意料地下到了郁金香田里。郁金香正开得灿烂，美得令千重子几乎要惊呼出声来。红色、黄色、白色，还有黑茶花般的深紫色，大朵的郁金香在各自的花田中怒放。

“唔，那么就该用郁金香设计新和服了啊。虽然有些蠢……”太吉郎叹了口气说着。

如若将雪松长满嫩芽的下层枝桠比作孔雀开屏，那么该用什么来比拟这争妍斗艳、绚丽多彩的郁金香呢？太吉郎边想边观赏着。花儿们的绚丽仿佛将空气也染了色，照映进了人们的心田。

阿茂同丈夫稍微保持着距离，一直紧挨着女儿千重子。千重子虽然觉得很奇怪，但是脸上却没有表现出来。

“母亲，白色郁金香田前那群人，像是在相亲呢。”千重子附在母亲耳边私语道。

“是啊，真是呢。”

“我们去看看吧，母亲。”女儿便拽了母亲的袖子走。

郁金香花田前有一汪水池，池中养着锦鲤。

太吉郎从椅子上站起身来，走近去看郁金香花。他弯下腰，几乎将身子探进了花丛，欣赏了个痛快。然后回到二人身边，说：“西洋花再怎么娇艳都会看腻，父亲还是喜欢竹林啊。”

阿茂和千重子也站起身来。

郁金香花田被树丛环绕着，是一片洼地。

“千重子，植物园是西洋庭院风格的吗？”父亲问女儿。

“不太清楚，但很像啊。”千重子回答完，接着说，“为了母亲，我们再多待一会吧。”

太吉郎便又无可奈何地往花丛中走去。

“老佐田……果然是你啊佐田先生！”有人唤他。

“啊，大友先生！秀男也在啊。”太吉郎说，“没想到在这里……”

“哎呀，我也没想到会在这里……”宗助深深鞠了一躬。

“我很喜欢这里的樟树林荫道，一直在等植物园重新开门。那樟树已经有五六十年了，我们慢慢悠悠地挪着步子穿林而来的。”说罢，宗助再度低头道歉，“前些日子，我儿子实在是太没礼貌了……”

“年轻人嘛，没什么。”

“你从嵯峨山来的吗？”

“嗯，我从嵯峨来的，阿茂和千重子是从家来的……”

宗助走到阿茂和千重子跟前，打了招呼。

“秀男，你看这个郁金香怎么样？”太吉郎带着几分严肃说道。

“花是活着的。”秀男的语气还是很生硬。

“活着是指？不过，确实是活着的。话虽如此，但这花太多了，我也有点看腻了……”太吉郎把头扭到一边。

花是活着的，生命虽短暂，但却明艳地活着。来年又会含苞、绽放。——就如同这大自然一样生机勃勃。

太吉郎的心仿佛又被秀男刺入了一根难耐的针。

“我还是目光短浅啊，我虽不喜郁金香花样的衣料和腰带，但若是那些名家，即便是郁金香的图案，都能绘成生命永恒的画作吧。”太吉郎依旧把脸扭向一边说道，“古代织锦断片也是如此。再没有比古京都更古老的了，那么美的东西，可谁都造不出来了，只是去临摹它。”

“……”

“即便是活着的树，也再没有比京都的古树更古老的了，不是吗？”

“我说得没那么深奥，我这种每天‘哐哐’摆弄织机的织工，没思考过那些高深的问题。”秀男低下了头，“但打个比方，若是站在中宫寺、广隆寺的弥勒菩萨像前，令爱不知道要比菩萨美多少倍。”

“你把这话说给千重子听听，让她也高兴一下吧。虽然这比方打得不怎么恰当……秀男，我女儿很快就会变成老太婆的。很快。”太吉郎说。

“正因如此，我才会说郁金香花是活着的。”秀男加重了语气，“它会在短暂的花期里，绽放出自己全部的生命，不是吗？如今正当时啊。”

“没错。”太吉郎转过身，面向秀男。

“我并没想请您让我织一条直接能系到孙辈的腰带。如今……只希望您能让我织一条哪怕只系一年，也系得十分舒心的腰带。”

“你的用心不错。”太吉郎点点头。

“没办法，因为我跟龙村他们不一样。”

“……”

“我刚刚说郁金香的花是活着的，也是出于此般心境。它虽花开正旺，但还是有那么两三片花瓣凋零。”

“是啊。”

“说起落花，若是如樱花飞雪那般，还别有一番风趣，但不知郁金香是如何呢？”

“花瓣会四处飘落吧……”太吉郎说，“但这郁金香花也太多了，我有点腻烦了。色彩过于鲜艳，反而索然无味……可能是我上年纪啦。”

“走吧。”秀男催促着太吉郎，“送来我家的腰带上，郁金香纸样什么的都不是活的，今日真觉耳目一新。”

太吉郎一行五人，自低洼处的郁金香花田拾级而上。

石阶旁边，与其说是围着一圈树篱，倒不如说是围着一道长堤。杜鹃花的树丛茂密，宛若一道长堤。现在并非杜鹃的花期，但那小嫩叶却绿意盎然，将盛开的郁金香衬托得更为娇艳。

上去后，只见右边有一片广阔的牡丹园和芍药园。园中同样无花绽放，而且他们对这花园不甚熟悉，许是新建成的吧。

然而，在东边可以望见比叡山。

植物园的每个角落，几乎都可以远眺比叡山、东山、北山，但芍药园东边的比叡山好像就在正面。

“大抵是浓雾缭绕的缘故，总觉得比叡山看起来很低矮。”宗助对太吉郎说。

“正因春霭朦胧，看着才分外柔美……”太吉郎眺望了一会儿，说，“不过大友啊，看着那春霭，你不会觉得春日渐行渐远吗？”

“是吗？”

“那么浓厚的雾霭，反倒感觉……春天马上就结束了啊。”

“是啊。”宗助又说，“真快啊，我还没好好去赏几次花呢。”

“倒也不是什么稀罕事。”

两人默默地走了一段路后，太吉郎开口道：

“大友啊，我们走你喜欢的那条樟树林荫道回去吧。”

“好，多谢你了。我走走那条林荫道就满足了，来时也是打那儿来的……”宗助说完，回头问千重子，“小姐，可以陪我们一起走吗？”

樟树林荫道上，左右两侧的树梢交织盘绕，树梢上的新叶柔软娇嫩，泛着淡淡的红色。四下无风，但却有树梢在轻轻摇曳着。

五个人几乎一句话都没有说，慢慢地走着。各自的思绪在树荫下翻涌而至。

太吉郎的脑海中萦绕着秀男将奈良、京都最高雅的佛像比作千重子，并称千重子更美的情景。秀男已经被千重子迷成这样了吗？

“但是……”

假如千重子和秀男结婚了，那她能在大友的纺织厂里干些什么呢？难道要像秀男的母亲那样，从早到晚卷丝线吗？

太吉郎回首望去，见千重子正跟秀男聊得入神，不时还会点点头。

其实，就算是结婚，千重子也不一定要嫁到大友家，秀男也可以入赘到佐田家当上门女婿。太吉郎心里琢磨着。

千重子是独生女，如果嫁出去了，母亲阿茂该有多难过呢？

但秀男也是大友的长子，父亲宗助也曾说过秀男的手艺比自己强。但是，他家还有老二、老三呢。

此外，太吉郎家的“太字”商号虽然生意日渐惨淡，店里的陈设也没法翻新，但好歹是中京区的批发商铺，跟只有三台手织机的纺织店不一样。一个雇工都没有，全靠家人亲手干活，这些早就显而易见了吧。从秀男的母亲朝子的身影，简陋的厨房中也能窥出一二。即便秀男是长子，但好好商量一下说不定也能让他成为千重子的上门女婿呢。

“秀男这孩子真是稳重啊。”太吉郎试探宗助道，“虽然年轻，但真是可靠啊。真的……”

“是啊，谢谢。”宗助若无其事地回着话，“他只有工作时会全身心投入，但到了人前就一副粗莽无礼的模样……不让人省心啊。”

“那不错，我自那之后，一直挨秀男的训……”太吉郎反倒兴冲冲地说。

“真的要请您原谅，那孩子就是那样。”宗助微微低头，“就算是父母说的话，他要不认同也是不会听的。”

“那样挺好。”太吉郎点点头，问道，“今天为什么又只带秀男一人来？”

“如果带上他弟弟，那家里的纺织机不就停了吗？再加上那小子性格要强，我想着带着他走走我喜欢的樟树道，兴许性子会变得稍微温和点呢……”

“这条林荫道真好啊。实际上，大友啊，我带着阿茂和千重子来植物园，也是多亏了秀男的好意，或者说是忠告呢。”

“啊？”宗助十分诧异地盯着太吉郎的脸，“你是想见见自家女儿吧？”

“不，不是！”太吉郎连忙否认。

宗助回头看向身后，只见秀男和千重子走得稍微靠后一些，阿茂则在更后面。

出了植物园的门，太吉郎对宗助说：

“你坐这辆车走吧，西阵也不远。我们趁着这会儿，正好去加茂川堤岸走走……”

宗助还在犹豫着，秀男便说：

“那我们就承蒙好意，先行一步了。”说罢，让父亲先上了车。

佐田一家站着准备目送车子驶去，宗助在座位上欠身行了一礼，但秀男的头似低非低，看不大清。

“他儿子真是有趣。”太吉郎回想起那天一拳揍向秀男的脸，一边忍着笑，一边问，“千重子，你和那个秀男聊得很投缘呀，他面对年轻小姑娘会胆怯吗？”

千重子目光羞怯：“您说在樟树林荫道那儿？我只是听他讲而已，他为什么会兴冲冲地跟我说了那么多呢？”

“那是因为他喜欢千重子吧。这点道理还不明白呀？他还曾说过你比中宫寺和广隆寺的弥勒菩萨还要美……父亲听到也吃了一惊，但那个别扭的小子，居然能说出这么了不起的话。”

“……”千重子也惊呆了，羞得脖颈都染上了淡红色。

“你们都聊了些什么？”父亲问道。

“西阵手织机的命运之类的吧。”

“命运？啊？”

看着父亲陷入了沉思，女儿继续答道：

“提到命运，话题就看着很深奥。但是，姑且聊了命运……”

出了植物园，右边的加茂川堤岸栽着一排松树。太吉郎率先从松林间穿过，下至河滩。说是河滩，其实更像一片长着嫩草的细长条状平原。突然，耳畔传来了一阵流水击石之声。

有一群老人坐在嫩草地上，打开了便当；还有些少男少女，正在结伴漫步。

河流对岸也是如此，上有行车道，下设散步园。长满绿叶的樱树稀稀疏疏，树后正中央是爱宕山，与西山相连。而河流上游，则靠近北山。这一带属于风景区。

“我们坐下来吧！”阿茂提议。

从北大路桥下，可以远远望见到河岸的草坪上晾晒着一些友禅染绸缎。

“嗯，是春天啊。”阿茂远远望了一会儿。

“阿茂，你觉得秀男这孩子怎么样？”太吉郎问。

“怎么样是指？”

“招他做我们的上门女婿……”

“啊？你怎么突然说起这事……”

“他很沉稳可靠吧？”

“这倒是，但还是先问问千重子吧。”

“千重子之前说过，会完全听从父母的意见。”太吉郎看了看千重子，“是吧，千重子？”

“但这种事上，不能强迫她。”阿茂也望了望千重子。

千重子低下头，脑海中浮现出水木真一的身影。那是幼年时代的真一。描了眉，涂着口红，化妆打扮成王朝风格的装束，登上了祇园祭的长刀鉾彩车，这是真一的幼年形象——当然，那个时候，千重子也是个小娃娃。

丨北山杉丨

早自平安王朝时起，据说京都就流传着一种说法：山数比叡山，祭论加茂祭[1]。

五月十五日的葵祭，已经过去了。

昭和三十一年起，斋王[2]加入了葵祭中敕使的游行队伍中。她们在隐居斋院前，会在加茂川中净身，遵循着古时的仪式。乘坐神舆、身着贵族小袿礼服的命妇位列于前，下级女官及女童紧随其后，伶人奏乐，斋王身着十二单衣，乘着牛车游行。由于这身装扮，再加上斋王的年龄与女大学生大致相仿，因而看上去更加风雅华丽。

1　葵祭的别称。

2　斋王是指在伊势神宫和贺茂神社出任巫女的未婚公主和女王，她们代表日本皇室侍奉天照大神，统称斋王。

千重子的校友中，也有被选为斋王的姑娘。当时，千重子一行人也曾前往加茂川堤看队伍游行。

在古神社、古寺庙极多的京都，可以说几乎每天都会在某处举行大大小小的节日活动。翻阅节庆日历，让人不禁感慨，难道整个五月都有各种活动吗？

献茶、茶室、贵人在郊外的休息地、茶锅等物都会派上用场，甚至都供不应求。

然而，今年五月，千重子连葵祭都没有参加。至于原因嘛，五月雨水丰沛是其一，从小就已经被领着参加了各种各样的活动是其二。

花固然很美，但千重子同样喜好去观赏嫩叶的那抹新绿。高雄一带的枫树嫩叶自不必说，若王子那片的她也很喜欢。

收到从宇治寄来的新茶后，千重子沏了一壶茶，说道：

“母亲，今年我们都忘记去看采茶了呀。”

“茶嘛，现在还采吧？”母亲说。

“也是啊。”

那时植物园里的樟树林正在抽芽，跟花一样美，它们也属于抽芽稍晚的吧。

朋友真砂子打来了电话：“千重子，要不要一起去看高雄的枫叶嫩叶？”邀请她同去，“游客比赏红叶时要少……”

“不会太晚了吧？”

“那儿比城里冷，应该还不晚。”

“唔。”千重子稍事一顿，说道，“话说，要是赏过平安神宫的樱花后，再去看看周山的樱花就好了，但却忘了个干净。那棵古树……虽然樱花已经看不成了，不过我想去看看北山的杉树呢。从高雄去应该很近吧？看着挺拔秀美的北山杉，我的心境也会变得开阔明朗。陪我一起去看杉树吧，比起枫树，我更想去看北山杉树哩！”

千重子和真砂子考虑既然已经来了这里，便决定还是去看看高雄的神护寺、槙尾的西明寺、栂尾的高山寺等处的枫树绿叶。

神护寺和高山寺的坡道都很陡。已经换上西式夏装、脚蹬低跟皮鞋的真砂子倒还好，但不知身着和服的千重子怎么样了，真砂子想到这里便偷偷地瞄了瞄千重子。然而，千重子看起来毫不费劲地问：

“你怎么那样瞧着我？”

“真美啊！”

“真美啊！”千重子停下脚步，俯视着清泷川说，“我本以为郁郁葱葱的树林会更闷热，没想到这么凉爽。”

“我是说……”真砂子忍着笑，“千重子，我是在说你呢。”

“……”

“人世间为什么会有这么美的姑娘啊！”

“讨厌。”

“素雅的和服在一片新绿中将千重子衬得更加明艳动人了。不过，你穿上华服，自然也是十分耀眼的……”

千重子穿一身暗紫色和服，腰上系的是父亲毫不吝啬地为她裁出的印花布腰带。

千重子登上了石阶。——真砂子回想起神护寺里平重盛和源赖朝的肖像画。当她想起那幅被安德烈·马尔罗[1]赞誉为世界名画的平重盛像上，重盛脸颊某处隐约泛起的那抹红晕时，说出了那些话。

高山寺里，千重子喜欢从石水院屋檐下那条宽阔的走廊眺望对面的山峦。也喜欢那幅明惠上人的树上坐禅肖像画[2]。壁龛旁展着一幅《鸟兽人物戏画》的复制品。二人在这处屋檐下，品赏了寺院待客的香茶。

1　安德烈·马尔罗（André Malraux，1901—1976），法国小说家、评论家。

2　明惠上人是高山寺高僧，《明惠上人树上坐禅像》是其弟子惠日坊成忍所作，现被列为日本国宝。

真砂子不曾去过高山寺的更深处，这里便算是供游客们游览的尽头了。

千重子记得，父亲曾带着她去周山赏花，还摘了问荆草回去。那问荆草长得又粗又长。此后，每每来到高雄，她就算是独身一人，也要去生长北山杉的村庄转转。——现在已经合并到市里，属于北区中川北山町了，但只有百二三十户人家，似乎还是叫村比较合适。

“我习惯走路了，我们走走吧。”千重子说，“而且这里的路还很好。”

行至清泷川岸边，一座陡峭的山脉便迎面逼来。不一会儿，就能望见美丽的杉树林了。笔直的杉树整齐地耸立着，一眼就能看出这树被人们精心地修整过。只有这个村庄才能生产出这种珍贵的木材——北山圆木。

大概是到了三点的休工期，杉山上下来了一群像是去割草的女人。

真砂子突然站住，呆呆地凝望着其中一个姑娘，道：

“千重子，那个人长得好像你。她难道不是跟你长得一模一样吗！”

那个姑娘身穿藏青碎白花纹的窄袖和服，系着束袖带[1]；下身着劳作裤、系着围裙；手上戴着护手背手套，头上还扎着手巾。围裙一直围到了背后，两边开叉。只有束袖带和从劳作裤露出的细腰带上，带着红色。其他姑娘们和她的打扮相同。

她们和街上的行商女、卖花女大致类似，都身着乡村装束。但这衣服并不是为了去城里卖东西，仅是一身上山劳作的服装。或许这就是在日本野外或是山上劳作的妇女形象吧。

“真的很像！你不觉得奇怪吗？千重子，你快仔细看看！”真砂子重复说道。

“是吗？”千重子并没有认真去看，说道，“你呀，就是个冒失鬼。”

“就算再怎么冒失，那么美的人儿……”

“美是很美……”

“她就像是千重子的异母姐妹呢。”

“你瞧，你就是一个冒失鬼。”

真砂子被她这么一说，才发觉自己的失言，离奇到她几乎要笑出声来。她忍住笑说：“虽然也有人没有血缘关系却容貌相似，但你俩真的像得可怕！”

那个姑娘和同行的姑娘们都没注意到千重子二

1　日本古代劳动妇女束和服袖子，以便于劳动的带子，从肩到背后打十字结。

人，与她们擦身走了过去。

那个姑娘把手巾扎得很低，只露出一点刘海，但却几乎遮住了半边脸。并非如真砂子所说，能清楚地看到她的脸，也不能跟她相对而视。

再说，千重子来过这个村庄好多次，看过男人们粗剥过杉树圆木的树皮后，女人们再仔细地剥一遍的场景，也看过用水或温泉将菩提瀑布的沙子泡得柔软后，用其洗刷圆木的场景，所以，她还隐约记得那些姑娘的容貌。因为那些加工活儿都在路旁或是户外进行，而这小小的山村中不会有那么多的姑娘。然而，她当然也没有仔仔细细地将每一个姑娘的容貌都看个遍。

真砂子目送着姑娘们远去的背影，内心稍微平静了一些。

“真是奇怪。”她又说了一遍。而这次，她像是要仔细看看千重子的脸似的，歪了歪脑袋。

“果然很像！”

“哪儿像啊？”千重子问道。

“嗯……是种感觉吧。总觉得哪里很像，但是又不好说出来，眼睛或是鼻子……不过，中京的大小姐和乡村姑娘当然不一样嘛。对不起啦。”

“瞧你说的……”

“千重子，我们跟着那个姑娘，上她家瞧瞧行不行啊？”真砂子似乎心有遗憾地问道。

去那个姑娘家瞧瞧这种事，就算是活泼开朗的真砂子，也仅是说说而已。然而，千重子却放慢了脚步，几乎要停了下来。她一会儿抬头望望杉山，一会儿凝视着堆放在家家户户门口的杉树圆木。

白杉圆木的粗细相近，打磨得十分好看。

“真像工艺品啊。”千重子感慨道，“据说也会用它们修建茶室，甚至还会远销至东京、九州等地呢……”

屋檐前端不远处，整齐地立着一排圆木。房屋二楼也立了一排。有一户人家二楼的那排圆木前，晾晒着内衣等衣物。真砂子好奇地望着，说：

“那户人家，是不是就住在排排圆木中呢？”

“真砂子，你还真是个冒失鬼……”千重子笑着又说道，“圆木小屋旁，不是还有个很宽敞的住宅吗？”

“啊！因为二楼还晾着洗好的衣服嘛……”

“真砂子说那个姑娘像我，也是这样信口开河的吧。”

“那个跟这个是两码事！”真砂子变得认真起来，

“说那个姑娘像你，这么令人意外吗？”

“一点儿都不觉得意外，不过……”千重子说完，脑海中突然浮现出那个姑娘的那双眼眸来。她那健康的劳作形象中，有一抹浓厚而深沉的忧郁，深深地蕴藏在眼底。

“这个村子里的女人们，都很能干啊。”千重子像是在逃避什么似的说道。

“女人和男人一起干活，没什么稀奇的。种庄稼的也是如此，卖蔬菜的、卖鱼的又何尝不是……”真砂子轻快地继续说道，“像千重子这样的大小姐，才会看到什么都赞赏不已呢。”

“我也是要干活儿的，你才是大小姐呢。”

“哦，我是没有干活儿。”真砂子坦率地承认了。

“干活儿只是说起来简单，真想带真砂子看看这个村子里的姑娘们劳作的场景呢。”千重子又将目光转向了杉山，说，“这个时候，人们已经开始除枝了吧。”

“什么是除枝？”

“要想让杉树长得高大笔直，就得用柴刀把多余的枝干砍掉。好像有时候人们会使用梯子，但有时候也会像猴子一样，从一棵杉树的树梢跳到另一棵树的树梢上去……”

“好危险！”

“有的人一大早爬上树，直到午饭时也不下来……”

真砂子也抬头望了望杉山。一排排杉树树干笔直地耸立着，实在是美极了。连残留在树梢的一簇簇树叶，都像是精美的工艺品。

杉山不算高，也不算很深。山顶上也整整齐齐地排列着一棵又一棵的杉树，仿佛抬眼可及。由于这些杉木是用来修建茶室的，因此杉林的形态也可谓极具茶室风情。

只是，清泷川两岸沿山的山势陡峭，峭壁直直扎入狭窄的山谷。雨量丰沛、日照少，也是清泷川能培育出珍贵木材的原因之一。风也自然会被阻挡在外吧。如若遭遇强风，杉树就会从新长出的柔弱处弯曲或长歪。

村子里，似乎只有山脚下和河岸边有一排房子。

千重子和真砂子走到了这个小村庄的尽头，然后折返回去了。

路上途经一户正在打磨圆木的人家，女人们把浸在水中的圆木抬起来，然后用菩提瀑布的沙子认真仔细地打磨着。那沙子看起来很像赤褐色的黏土，据说是从菩提瀑布的下游取来的。

“如果那种沙子用完了怎么办？”真砂子问道。

“一下雨，沙子就会跟瀑布一起冲下去，堆积在下游。”一位上了年纪的女人回答道。听起来很是安逸啊，真砂子想着。

然而，正如千重子所说，女人们干活时真的很卖力。圆木有五六寸粗，想来是要拿来做柱子之类的吧。

——据说要将打磨完毕的圆木用水洗净晾干，再卷上纸，或是捆上稻草后才会发货。

直到清泷川的石滩上，还有一些地方种植着杉树。

从山上林立着的杉树和屋檐前竖立着的杉木，千重子不由得想到了京都城，自家古香古色的房子上，那扇一尘不染的红格子门来。

村庄的入口处，有个叫“菩提道”的国营公交车站。再往上走，可能就是菩提瀑布了吧。

两人打那里乘上了回家的公车。沉默了片刻后，真砂子突然开口说道：

“要是人类小姑娘，也能像那些杉树一样得到精心的培育，成长为正直而坦率的人就好了。”

“……”

“我们才不会得到那样精心的呵护呢……”

千重子几乎要笑出声来了，问她：

“真砂子，你最近在约会吗？”

“嗯，在约会呢。坐在加茂川边的青草地上……”

“……”

“木屋町大道的纳凉席上，一下也多了好多客人。都点上灯了。对了，因为我们正好背对着他们，所以看不到纳凉席上都坐着什么人。”

“今天晚上有约吗？”

“今晚约了七点半。现在天还微亮着呢。”

千重子很羡慕真砂子的那份自由。

千重子和父母三个人，坐在中院的里屋客厅，准备吃晚饭。

“今天岛村送来了许多瓢正饭店的竹叶卷寿司，所以我只做了酱汤，请原谅。”母亲对父亲说。

“嗯，这样啊。”

鲷鱼做的竹叶卷寿司，是父亲最爱吃的。

“而且咱家最关键的掌勺人，回家也晚了些……”母亲指的是千重子，“她又跟真砂子去看北山杉树了……”

“是嘛。”

伊万里瓷[1]盘中盛满了竹叶卷寿司。剥开卷成三角形状的竹叶，就能看到饭团上覆着一片薄薄的鲷鱼刺身。木碗里主要放了豆皮，又加了些香菇。

如正面的红格子门那般，太吉郎的店铺虽然还保留着京都批发商的风格，不过现在已经改成公司了，原先的掌柜和学徒也摇身一变成了店员，大多数人搬了出去，每天要从家里来上班。只有近江来的三个学徒，还住在有格子窗的二楼。因此，晚餐时间，里院十分安静。

“千重子，你很喜欢上北山杉树的村庄去啊。”母亲说，“为什么呢？”

“因为杉树挺拔而笔直地立在那里，实在是美极了！我便想着要是人的内心也能如此，该有多好啊。”

“千重子你不就是这样的吗？”母亲说。

“不，我的内心弯弯曲曲的……”

“那是当然啦！”父亲插进来说，“无论多么坦率的人，也难免会有各种各样的想法嘛。”

“……”

1　伊万里瓷，指的就是江户时期在日本有田町地区生产后，从毗邻的伊万里港贩运出海的瓷器，色泽饱满而厚重。生产之初吸收了中国的制瓷技术与装饰手法，一度作为中国瓷器的替代品行销欧洲。

“那样不也很好吗？像北山杉树那样的孩子固然可爱，可并没有啊。即便是有，不是很容易遭遇不幸吗？父亲认为啊，就拿树来说，不管它弯也好、曲也罢，只要能长高长大就足够了……你瞧，这小小院子里那棵老枫树！”

“千重子这么好的孩子，你在跟她说什么呢？”母亲脸色微沉。

“我知道，我知道。我知道千重子是个正直坦率的好姑娘……”

千重子把脸转向中院，沉默了一会说：“千重子没有那棵枫树一般的顽强……”她的声线中饱含着哀伤，“我顶多像生长在枫树树干凹坑里的紫罗兰。啊！紫罗兰花什么时候消失了？”

“还真是……明年春天一定会重新绽放的。”母亲说。

垂下头的千重子，将目光停留在了枫树树根旁那座吉利支丹石灯笼上。屋里的灯光，不足以看清上面风化腐朽了的基督圣像，但她好像在祈祷着什么。

“母亲，千重子实际上是在何处出生的呢？”

母亲和父亲面面相觑。

“在祇园的樱花树下啊！”太吉郎很断然地回答。

于祇园的夜樱下诞生云云，不是与童话故事《竹取物语》很相像吗？相传故事中的辉夜姬，就生于竹节与竹节之间。

正因如此，父亲反而这般言之凿凿。

如若真是生于花下，或许像辉夜姬那样，有人会从月宫中来迎她回去。千重子脑中偶然浮现这番小小的戏言，却没能说出口。

无论是被抛弃的还是被抢来的，千重子究竟在何处出生的呢？父亲和母亲谁都不知道。千重子的亲生父母或许也不知道吧。

千重子后悔自己问了一个坏问题，但她觉得自己还是不要道歉为好。那么，为什么她会冷不防地问起这个问题了呢？她自己也不是很清楚，可能是模模糊糊地想起真砂子说过：她跟北山杉村庄里那个姑娘，简直像一个模子里刻出来的……

千重子的目光不知该落向何处，于是她便抬头看向大枫树的上方。不知是月亮探了头，还是闹市灯火映了来，夜空发亮，泛着微微白光。

“夜空也逐渐呈现出夏天的颜色啦。”母亲阿茂也抬头仰望着，“千重子啊，千重子就是在这个时节诞生的呢，虽说不是母亲亲生的，但就是生在这个时候呢。”

“嗯。”千重子点点头。

正如千重子在清水寺跟真一所说的那般，她并非父母在夜樱盛开的圆山抢来的小婴儿，而是被人遗弃在店门口的孩子。把她抱进家门的，正是太吉郎。

那是二十多年前的事情了，彼时的太吉郎也才三十多岁，因而放荡不羁了多年。妻子一时间很难相信丈夫所言。

“你就会说好听的……你是把同艺伎所生的孩子抱来了吧？”

“别胡说！”太吉郎勃然大怒，脸色都变了，“你好好看看这孩子穿着什么！这是艺伎的孩子吗？这能是艺伎的孩子吗？”说罢，将孩子推到妻子面前。

阿茂接过孩子，将自己的脸贴在了小婴儿冰凉的脸蛋上。

“这孩子，怎么办？”

“进里屋再慢慢商量，你发什么呆呢？”

“这孩子刚出生不久啊。”

因为不知道她亲生父母是谁，所以没法将她收为养女。因此在上户籍时，报的是太吉郎夫妇的长女，并给她取名千重子。

俗话曾说过，抱来一个孩子，就会受其所惑，自己也生一个孩子。但阿茂却没生过孩子。他们将千重子当作独生女，将她抚养长大，用爱呵护着她。随着岁月的变迁，太吉郎夫妇已经不再苦恼于她究竟是被何人所遗弃的了。千重子亲生父母是生是死，更是无从知晓。

那顿晚饭结束后，只需将竹叶卷寿司的竹叶和盛汤的木碗收拾一下就行了，十分简单。千重子一人收拾的。

收拾完，千重子躲进了后楼二层自己的寝室，凝视着父亲带去尼姑庵的保罗·克利和马克·夏卡尔等人的画册。睡意袭来，她便睡着了。不一会儿，千重子就被自己做噩梦时发出的“啊！啊！”声惊醒了。

“千重子！千重子！”隔壁房间传来母亲的呼声，还没等千重子回应，隔扇门就被拉开了。

“被梦魇住了吧？”母亲走了进来，“做噩梦了？”

然后，她坐到千重子身侧，点亮了她枕边的灯。

千重子坐在了睡铺上。

“啊呀，出了这么多汗。”母亲从千重子的梳妆台上拿来了纱布手帕，擦擦千重子的额头，又擦了擦她的胸口。千重子任由母亲擦拭。这是多么白嫩的胸脯啊，母亲想着。

“你再擦擦腋窝……”母亲将手帕递给了千重子。

“谢谢您，母亲。”

“做噩梦啦？”

“嗯，梦到我从高处坠落……‘唰’的一下，就掉进了一片可怕的翠绿之中，那是个无底深渊。”

“任谁都会做这样的噩梦的。”母亲安慰道，“怎么都掉不到底。”

“……”

“千重子可不能感冒了呀。换件睡衣吧？”

千重子颔首，但是内心却还没平静下来。她刚想起身，脚下却摇摇晃晃不太稳当。

“算了算了，母亲帮你拿吧。”

千重子便在原地坐着，拘谨而麻利地换了睡衣。她正要去叠起刚换下的衣服，母亲便说：“不用叠了，这得洗啦。”说罢，母亲取过衣服，扔在了角落里的衣架上。然后，又坐回千重子的枕边，继续说：“做这种梦就……千重子，你不会发烧了吧？”她将掌心贴到女儿的额头上。额头反而凉冰冰的。

“嗯……是去北山杉村庄累着了吧。”

“……”

“一脸惊慌失措的……母亲来这边陪你睡吧。”

说罢，母亲作势要把睡铺搬来。

“谢谢母亲……我已经没事了，您放心去睡吧。”

“是吗？”母亲说着，从千重子被窝的一边钻了进去。千重子把身子往旁边挪了挪。

“千重子已经长这么大了，母亲已经没法抱着你睡觉了啊。怎么这么快，好奇怪呀。”

没一会儿，母亲先安稳地睡着了。千重子怕母亲的肩膀等处受凉，便用手探了探，然后关了灯。千重子却久久无法入眠。

千重子做的梦很长，她对母亲说的，不过是梦的结尾罢了。

起初，与其说是梦，不如说介于梦与现实之间，她很高兴地回想起今天和真砂子一起去北山杉村庄的场景。奇妙的是，真砂子说长得很像千重子的姑娘，反倒比那个村子更为清晰地浮现在她的脑海中。

后来，在梦的结尾处，她掉入的绿色深渊，或许也是那座停留在她心际的杉山吧。

鞍马寺举行的伐竹会是太吉郎所喜爱的一种仪式，或许是因为这仪式很有男子汉气概吧。

这种仪式，太吉郎在年轻时就看过很多回了，并不觉得稀奇，但他想带着女儿千重子去看看。更何况，听闻今年要节省经费，十月的鞍马寺火祭也不举行了。

太吉郎很担心会下雨。伐竹会在六月二十日举行，正值梅雨盛季。

十九日那天，梅雨下得比平时要大一些。

“要这么下下去，明天怕是举办不成了啊。”太吉郎时不时地望望天空。

“父亲，我觉得这雨根本算不了什么。”

“也是啊。”父亲说，“但如果天气不好……”

二十日当天，雨还是下个不停。

“把窗户和柜门都关上吧，讨厌的湿气会湿了和服绸缎的。”太吉郎跟店员说道。

“父亲，不去鞍马寺了吗？”千重子问父亲。

“明年还会开办的，这次就算了。如今的鞍马山，被浓雾缭绕着……”

——义务参与伐竹节的不是僧人，主要都是乡下人，他们被称为法师。十八日那天，要把雄竹、雌竹各四根，分别垂直地绑到竖立在正殿左右两侧的圆木上。雄竹要去根除叶，雌竹可以保留根部。

面对正殿，左侧为丹波座，右侧为近江座，这是自古流传下来的称呼。

轮到砍竹的家族成员，会穿上祖传的白绢衣，脚蹬武士草鞋，系上束袖带，别两把刀，头裹由五条袈裟制成的武僧帽，腰间插南天竹叶，伐竹用的樵刀则被收在织锦袋中，之后，由开路人带领着向山门进发。

仪式是在下午一点左右举行。

身穿十德装的僧人吹响海螺号角，伐竹节便开始了。

两名童仆齐声对担任宗派首领的管长说：

“伐竹神事，普天同庆。”

礼毕，童仆便走向左右两侧的座位，分别夸赞道：

“近江之竹，甚妙！”

“丹波之竹，甚妙！”

伐竹人先把捆在圆木上的粗大的雄竹砍下并整理好，细长的雌竹则保持原样搁置在一旁。

童仆再报告于管长：

“伐竹完毕。”

僧人们便走进内殿，开始念经。周围撒着供奉神的夏菊，以代替莲花。

管长下了神坛，展开丝柏骨扇，上下扇三次。

随着“吼”的一声，近江、丹波两座，两人一组将竹子砍为三段。

太吉郎虽然很想让女儿去看看伐竹仪式，但因天降大雨而犹豫不决。这时，秀男腋下夹着一个小包裹走进了格子门，说：

“小姐的腰带，我总算是织好了。”

“腰带？”太吉郎有些诧异，“是我女儿的腰带吗？”

秀男单膝跪地，毕恭毕敬地双手伏地。

“郁金花图案的……”太吉郎轻松地说。

“不，是您在嵯峨的尼姑庵绘出的……”秀男认真地说道。

“当时我年少气盛，对佐田先生极为失礼。”

太吉郎内心一惊，说：

“哪里，那只是我出于兴趣爱好，一时心血来潮画就的。多亏你的告诫我才恍然大悟，我还要谢谢你呢。”

“我把那条腰带织好带来了。”

“啊？”太吉郎大吃一惊。

“我已经把那个画稿皱皱巴巴地揉成小团，扔到你们家旁边的小河里去了。”

“您扔掉了？这样啊。”秀男冷静得有些目中无人，“不过我敬赏的时间足够长，画稿已经印入我的脑海中了。”

“可能这就是生意人吧。”太吉郎说着，脸色沉了下来，“不过，秀男，那图稿已经被我丢到河里了，你为什么又要为我织好它呢？嗯？为什么还要织出来呢？”太吉郎反复念着，一股不似悲伤，又不像愤怒的情绪涌上心头，“说那个画稿没有内心的和谐，荒芜又病态的，不正是秀男你吗？”

“……”

“正因如此，我才会一走出你们家门，就将图稿扔到了小河里。”

“佐田先生，请您原谅我吧。”秀男再次双手伏地，向他道歉，“我当时也是，被迫织了无甚趣味的东西，身心俱疲，脑子里急躁不安。”

“我的脑子也是这样的。虽说身居嵯峨的尼姑庵，清净是清净，但庵中只有一个年老的尼姑，白天也只有雇的婆子会过来，实在是太寂寞了……再加上我们家生意冷清，所以便觉得秀男那番话说得很实在。更何况我是个批发商，图稿也不是非画不可的，那种新奇的图稿更是……”

“我也反复思虑了很多，在植物园遇见小姐之后，我的思绪又辗转翻腾了良久。”

“……”

“您能看看腰带吗？如果不喜欢的话，您可以当场抄起剪刀剪个稀碎。”

“嗯。”太吉郎颔首，然后呼唤女儿，“千重子、千重子！”

同掌柜并排坐在账房里的千重子站起身，走了过来。

秀男长着一双浓眉，嘴紧紧地抿着，一副很有自信的模样，但他解包袱的指尖却在微微颤抖。

他好像面对太吉郎不太好开口，便将膝盖朝向了千重子：“小姐，您看看。这是您父亲绘制的样式。”说罢便把卷着的腰带整个递给她。随后，紧张得身体都变僵硬了。

千重子稍微展开腰带的一端，说：

“啊！父亲，您的灵感来自保罗·克利的画册吧！是在嵯峨山绘出的吗？”

说罢将腰带放在膝上拉开，惊呼道：

“哇！好棒！”

太吉郎神情苦涩，陷入了沉默。然而他内心着实十分震惊，震惊于秀男居然能将自己绘的图样牢牢记入脑海。

“父亲。”千重子的声音天真烂漫，她高兴地赞扬着，“真的，这腰带太漂亮啦！”

“……”

然后她又摸了摸腰带的质地，夸奖秀男：

“你织得真好啊。”

“嗯。”秀男低下了头。

“可以在这里展开它，给我看看吗？”

“嗯。”秀男回答。

千重子站起身，在两人面前展开了腰带。她把手搭在父亲肩上，就这么站着观赏了起来。

“父亲，怎么样？”

“……”

“不好吗？”

“真的很好吗？”

“嗯！谢谢您，父亲。”

“你再好好看看？”

“花样很新颖，所以关键在于搭配什么和服……但腰带是漂亮的！”

“这样啊，你如果喜欢，就跟秀男道个谢。”

“秀男，谢谢你。”千重子在父亲身后跪坐下来，向秀男低头致谢。

“千重子。”父亲唤她，“这个腰带看起来和谐吗？内心的那种和谐……”

“嗯？和谐吗？”父亲冷不防地发问让千重子有些不知所措，又仔细端详了腰带。

“和不和谐，取决于穿上身的和服和穿和服的人吧……虽然现在正时兴穿故意打破和谐的衣裳呢……”

“哦。”太吉郎点点头，“实际上，千重子啊，我把这个腰带的图稿拿给秀男看时，他就说不和谐了，所以，父亲便把图稿丢到秀男家织布厂旁的小河里去了。”

“……”

“然而，当我看到秀男拿来织好的腰带时，却发现这不是跟我扔掉的图稿一模一样吗？虽然颜料和彩线的颜色有些许不同。”

“佐田先生，请您原谅。”秀男两手伏地道着歉，又冲千重子说道，“小姐，恕我提一个不情之请，您能将腰带稍微系一下吗？”

“它和这身和服……”千重子站起来，试着系上腰带。转瞬间，千重子变得明艳动人起来。太吉郎也和缓了脸色。

“小姐，这是您父亲的杰作啊。”秀男的眼中闪烁着光芒。

| 祇园祭 |

千重子拎着大购物篮走出了店门。她原本要从御池大道往上走，前往麸屋町的汤波半店，但当她远眺到赤红的天空如燃烧着的烈焰般自比叡山蔓延至北山时，不禁在御池大道上停下了脚步，驻足欣赏了一会儿。

夏日昼长，这会儿离落日还早，况且这天空的颜色看起来也并不寂寥。果真只是一团烈焰蔓延在天际。

“还有这样的事儿啊，我还是头回见呢。”

千重子掏出一面小镜子，在那抹浓艳的红云之下，照了照自己的面庞。

“太难忘了，一生都无法忘却啊……难道，人们往往是随心而动的吗？”比叡山和北山，许是染上了那抹颜色，已然是一片深蓝了。

汤波半已经做好了豆腐皮、牡丹豆皮、八幡卷（牛蒡卷）。

“您来了，小姐。当下正值祇园祭，忙得不可开交，只接待老顾客了，您多担待。”

这家店铺平日里就只做预定单，在京都，有的糕点店会采取这种经营方式。

“是供奉八坂神社用的吧？感谢您常年关顾小店呀。”汤波半的女店员将东西放进千重子的篮中，装得满满当当的。

八幡卷就像鳗鱼八幡卷一样，是一种用豆皮将牛蒡卷起来的吃食。牡丹豆皮则与日式炸豆腐类似，是一种将银杏果用豆皮包起来的吃食。

这家汤波半店，经过了战火的洗礼，是一家有着二百多年历史的老店了。虽然有些地方也稍有改动……比如，小天窗上安上了玻璃，做豆皮的炉子也由仿火炉改为了砖砌炉。

“从前是烧炭的，但生火时会有炭灰飞进来，纷纷扬扬散落在豆皮上，这才改用了木屑。”

“……”

方形铜锅间隔着排成一排，工人用竹筷熟练地将豆浆表层稍稍凝固的豆皮捞起来，晾在铜锅上方细细的竹竿上。竹竿上上下下有好几个，豆皮晾干后再挪到上层。

千重子朝作坊深处走去，将手扶在了古柱上。如果母亲也一同前来，便会来回抚摸那根古老的大黑柱子。

“这是什么树？”千重子开口问道。

“这是丝柏木，朝天长，长得老高啦。笔直笔直地……”千重子也摸了摸那根古香古色的柱子，才出了店门。

千重子回家途中，祇园游行的吹弹奏唱正排练到了高潮。

远道而来的游客，或许大多认为祇园祭只有七月十七日的山鉾彩车巡行这一天，所以尽量都在十六日晚上赶到宵山。

但其实祇园祭的祭典会持续一整个七月。七月一日分别保管山鉾彩车的各个街道便会开始迎吉符，随后便开始演奏曲调。

每年童子乘坐的长刀鉾彩车，都在巡行中打头阵。其他山鉾彩车的顺序，则由市长在七月二日或三日举办的抽签仪式上决定。

山鉾彩车会在巡行前一天左右进行组装，七月十日的清洗神舆可以算是祭典的序幕仪式了。清洗神舆是在鸭川的四条大桥上进行的。虽说是清洗，但实际上神官仅是将杨桐浸水，再用其洗刷神舆而已。

接着，十一日时乘坐长刀鉾彩车的童子便会参拜祇园社。他们跨着骏马，头戴鸟帽，身披水干猎服，在随从的陪同下接受五位官衔的授封。五位以上的官职被称为殿上人。

从前神佛参加祭典时，也曾把侍奉童子左右的小侍从，比作观音菩萨和势至二尊菩萨。此外，还曾将童子接受神位的过程，比作童子与神明间的婚礼。

“这种事儿我不干！我是个男人！”水木真一在被选为童子时说过这样的话。

童子还要吃别灶。也就是说，童子吃的东西，要用与家人不同的灶煮出来，以保持纯净。而这些繁文缛节都省略了，据说仅在童子的吃食上，用火镰打上火花（以袯除不祥）就够了。还曾有传闻称，如果家里人不小心忘记了，童子则会催促道：

“火镰！火镰！”

总而言之，童子不是简单巡行一天就能完事的，事赶着事，实在不容易。他们还必须挨个去各个保管彩车的街道登门拜访。祭典和童子的活动大概就要忙一个月。

比起七月十七日的山鉾彩车巡行，京都人好像更好享受正式祭典前夜，即七月十六日举行的宵山小祭。

祇园会的日子越发近了。

千重子家的店铺也将格子门卸下，忙着准备起来。

千重子是个京都姑娘，又是四条大街附近批发商家的女儿，还是八坂神社管区的居民。因此，对于每年例行的祇园祭，她早已习以为常了。这是炎热的京都的夏日祭典。

她最怀念的，要数真一乘坐长刀鉾车的童男形象。每逢祭典，听到祇园吹奏声，看到山鉾彩车被无数灯笼的灯光所笼罩时，那形象便会自脑海苏醒过来。彼时的真一和千重子也就七八岁吧。

“女孩子中，都没见过那么漂亮的呢！”

真一在祇园社中被授封为五位少将官衔时，千重子也跟去了。他乘彩车巡行街道时，千重子同样跟着逛了一圈。一副童男扮相的真一，带着两个小侍从来拜访千重子家的店铺，当大家“小千重子！小千重子！”地呼喊她时，千重子的小脸彤红，凝视着真一。真一化了妆，唇上还抹了口红，而千重子的脸却被太阳晒得黑黢黢的。小千重子当时身穿和服浴衣系着红色三尺腰带，将靠在格子门上的长凳放倒，正在和邻家小孩子玩手持烟花。

如今，伴着奏乐声，在山鉾彩车的灯火照映中，还闪烁着真一童男扮相的身影。

“千重子，你要不要去宵山前祭看看？”晚饭过后，母亲问千重子。

“母亲，您去吗？”

“母亲要招待客人，不能出门。”

千重子一出家门，脚步便快了起来。四条大街已然人山人海，简直让人无法动弹。

但千重子知道四条大街的哪处有什么彩车，知道哪条胡同又有哪些彩车，所以她全都看了一遍。祭典一如既往的辉煌壮大。耳边频频传来各种山鉾彩车的奏乐声。

千重子走到御旅所前，买了根蜡烛，点着后供奉在神前。祭典时期，八坂神社的神明也被请进了御旅所。御旅所位于新京极走出四条大街的南侧。

在御旅所，千重注意到有一个姑娘好像正在做七次参拜。虽说只是一个背影，但千重子一眼就看出来了。所谓七次参拜，是指从御旅所神前往前走一段，然后再折返回神前叩拜祈祷，这样重复七次。礼拜期间，即便偶遇熟人，也不能开口问好。

“咦？”千重子总觉得好像在哪里见过那个姑娘。千重子似乎被她影响，也跟着做起了七次参拜。

姑娘朝西边走去，再折返回御旅所。千重子与她相反，朝东边走去，再折返回来。但是那姑娘比千重子更加虔诚，祈祷的时间也更长一些。

姑娘似乎已经做完了七次参拜。千重子没有那姑娘走得远，所以跟她差不多同一时间参拜结束。

姑娘紧紧盯住了千重子。

“你刚刚祈祷了些什么呢？”千重子询问道。

“你看到了？”姑娘的声音颤抖着，“我想知道家姐的下落……你就是我姐姐吧？！这是神明大人的指引啊！”姑娘的美目中噙满了泪水。

不错，这正是那位北山杉村的姑娘。

悬挂在御旅所的献灯和参拜者们供奉的蜡烛，将神前照得亮堂堂的，然而，姑娘却并不在意神前的光亮。灯火反而星星点点地闪耀在女孩身上。

千重子强行压制住心头翻涌的情感，说道：“我是独生女，没有姐姐，更没有妹妹。”但此时她的脸色却是苍白的。

北山杉村的小姑娘抽抽搭搭地哭着，口中反复说道：

“我知道了，小姐，对不起，真是抱歉了。我从小就一直想念着姐姐，所以认错了人……”

“……”

“我们是双胞胎，但我也不知道她到底是姐姐还是妹妹……”

“可能是我们二人容貌相像的缘故吧。”

姑娘点了点头，泪珠从脸颊滚落。她拿出手绢，一边擦拭着，一边说：“小姐，你出生于何处呢？”

“在这附近的批发商街。”

“是吗，你刚刚向神明祈祷了什么呢？”

“祈愿父母生活幸福，身体安康。”

“……”

“你的父亲呢？”千重子试着问道。

“很早以前就……听村里人说，他当年去北山杉村除枝，从一棵树跳到另一棵树时不慎摔落，刚好摔到了致命处……我当时才刚出生，什么都不知道……”

千重子的内心大为震撼。

——她时常想去那个村落，想抬头仰望美丽的杉林，难道是因为父亲的灵魂在召唤吗？

而且，这位山村姑娘称自己是双胞胎。难道，生父在杉树树梢上，还记挂着被遗弃的双胞胎女儿千重子，才不慎摔落的吗？指定是这样的。

千重子的额上渗出了冷汗。蜂拥在四条大街上的人群的脚步声，祇园的奏乐声，仿佛都渐行渐远，渐渐消失了。眼前变得一片黑暗。

山村姑娘将手搭在千重子肩头，用手帕帮她擦了擦额头。

“谢谢。”千重子接过手帕，擦了擦脸，然后将手帕揣进了自己怀里，自己却完全没意识到这一点。

“您母亲呢？”千重子小声发问。

“我母亲也……”姑娘支支吾吾的，“据说，我出生在比那个杉村更深处的，我母亲的故乡。但母亲也……”

千重子便不再问下去了。

从北山杉村来的姑娘，流下的自然是高兴的泪水。止住眼泪后，她的面庞顿时熠熠生辉。

相形之下，千重子则用力踩着地面站立着，心绪乱成一团，乱到腿都在打战。这些东西并不是当下就能理清的。似乎这时支撑她的只有那姑娘健康的美。千重子并不像那姑娘一般，直接表现出了自己的喜悦。她的眼中深深地染上了忧伤的神色。

现在、今后，该如何是好呢？一筹莫展之时，姑娘喊了一声：“小姐。”然后向她伸出了右手。千重子握住那只手。那是一只厚而粗糙的手。与千重子娇嫩的手截然不同。但姑娘却似乎对此毫不在意，紧紧地握住千重子的手，说：“小姐，再见了。”

“嗯？”

“啊，好开心……”

“你叫什么名字？”

“我叫苗子。”

“苗子？我叫千重子。”

“我现在在当雇工，那村子很小，你只要提我的名字，立马就找到了。”

千重子点了点头。

“小姐，您看起来很幸福啊。”

“嗯。”

“我发誓，不会将今晚的会面告诉任何人。这件事，只有御旅所的祇园神知道。”

虽说是双胞胎，但苗子可能看出了二人身份悬殊吧。千重子想到这里，就说不出什么了。但被遗弃的难道不是自己吗？

“再见了，小姐。”苗子再次道别，“趁别人还没发现……”

千重子闻言心头一紧。“我们家的店铺就在这附近，所以，苗子小姐，你哪怕是从店门口路过，也一定要来啊。”

苗子摇了摇头，问：“你家里人呢？”

“家人？只有我的父母……”

“不知为何，我总有这种感觉，你是在父母的呵护下成长起来的呢。”

千重子拉拉苗子的衣袖，说：

“我们在这里站得太久了。”

“是的。”

于是，苗子转过身朝着御旅所毕恭毕敬地拜了拜。千重子也匆忙学着苗子拜了拜。

“再见。”苗子第三次道别。

“再见。”千重子也道别道。

“我还有许多话想说，你有机会到村子里来吧。在杉林里，谁都不会看到我们的。”

“谢谢。”

但是，她们二人却不由得穿过人潮，朝着四条大桥的方向走去了。

八坂神社管区内有很多居民。宵山前祭，以及十七日的山鉾彩车巡行结束后，还会举办之后的祭典。大家会把店门敞开，摆上屏风等装饰。从前，还有人家会摆出来初期浮世绘、狩野派、大和绘，以及宗达绘制的一对屏风。浮世绘真品中，也有南蛮屏风，屏风上描绘着风雅的京都风情，外国人也入了画。总之，将京都人一片繁荣的生活都展现了出来。

如今，那些画卷则被留存在了彩车上。彩车一般会装饰上所谓的舶来品，诸如唐朝织锦、法国葛布兰式花壁毯、毛织品、绫罗绸缎、缀织刺绣等物。桃山时代雍容华贵的风格上，又增添了与外国交易往来的那种异国之美。

彩车内部，也有现时有名的画家绘制的装饰画。据说，在形如支架的彩车车头上，还有着昔日朱印船的船帆。

祇园的吹奏声，虽然听起来就是简简单单的“咚咚锵锵”，但实际上却有二十六种奏法，人们说它既像壬生狂言这种无声剧的伴奏，又像是日本雅乐的乐曲声。

宵山前祭上，这些彩车被成排的灯笼装饰着，奏乐声也十分高昂。

四条大桥的东侧，虽然没有彩车，但直到八坂神社的那段路应该也十分热闹。

千重子刚上大桥，便被人群挤来挤去，稍落后于苗子一些。

苗子虽然已经说了三次“再见”，可千重子却还在犹豫：到底是在这里分别还是一起走过丸太的铺前呢？又或是走到家附近，告知她店铺所在后再分别呢？她对苗子好像已经产生了一股温暖的亲近之情。

“小姐，千重子小姐！”刚要过大桥，就听见有人呼唤着苗子，并走了过来，原来是秀男。他把苗子错认成千重子了。“你来看宵山前祭了吗？一个人？”

苗子不知如何是好。但是，苗子却没有回头去找千重子。千重子倏地一下，藏到人群里去了。

“嗯，天气真好……”秀男对苗子说，“明天天气也很好吧，星星这么多……”

苗子抬头望向天空。这期间，她不知道该如何作答。当然，苗子不可能认识秀男。

“前几日，我对令尊实在是失礼，不过，那条腰带你还喜欢吧？”秀男对苗子说。

“嗯。”

“令尊在那之后还生气吗？”

“嗯。”苗子完全搞不清楚情况，无法作答。然而，苗子却没朝千重子那边看去。

苗子十分无措。如果千重子愿意见这个年轻男子，自己自然会走过来的。

男子的头型略大，肩膀宽厚，眼睛直勾勾的，但在苗子看来，他绝不是坏人。从他说的腰带来看，他应该是个西阵的织工。长年累月坐在高织机前织布的话，身形多少会变成那样。

“我太不成熟了，对着令尊的图样一顿评头论足，但我彻夜深思后，还是将它织出来了。”秀男接着说道。

“……”

“哪怕一次也好，您有系过它吗？”

“嗯。”苗子含糊其词地回答。

“您还喜欢吗？”

尽管桥上不如大街那么明亮，而且拥挤的人潮几乎将两人遮得严严实实，但即便如此，苗子依旧很费解，为什么秀男能认错人了呢？

双胞胎如若在同一个家庭长大，接受着同样的教育，不好分辨也是难免的，但千重子和苗子的生活和成长环境截然不同。苗子心想，对面的男子难不成是个近视眼吗？

"千重子小姐，请允许我自行为您设计一款腰带，并精心编织出来，作为您二十岁的纪念礼物，好吗？"

"嗯，谢谢。"苗子支支吾吾地回道。

"没想到能在祇园的宵山前祭上见到你，可能是神明保佑，加持在腰带上了吧。"

"……"

苗子只能认为千重子是因为不想让这个男子知道自己是双胞胎，才不走到两人身边来的。

"再见。"苗子对秀男说。

秀男略有些意外，但还是回答："嗯，再见。"接着他又道，"腰带由我来为您织吧，好吗？尽量赶在赏枫时节织完……"他确认了一遍过后，便走远了。

苗子用目光去寻千重子，却无果。

对苗子而言，方才的年轻男子也好，腰带之事也罢，全都无关紧要。她只是欣喜于御旅所前与千重子的相逢，就像是得到了神明的眷顾一般。她抓住桥上的栏杆，眺望着倒映在水中的灯火，静静地望了一会儿。

随后，苗子便慢慢悠悠地顺着桥边漫步。她本打算走到四条大街的尽头处的八坂神社，但大概走到大桥中央时，看到了千重子正和两个年轻男人站着说话。

“啊！”

苗子不禁小声惊呼出来，但却没有向他们靠近。她有意无意地瞄着那三人的身影。

千重子想着，苗子和秀男到底站在那里聊了些什么呢？秀男明显将苗子错认成千重子了，但苗子是如何回应秀男的呢？她指定为难极了。

千重子当时要是走到两人身边就好了。但是，她却不能去。非但不能去，她还在秀男唤苗子“千重子小姐”时，倏地一下躲到人群里去了。

这是为什么呢？

在御旅所前偶遇苗子时，千重子内心受到的震撼远比苗子要激烈。苗子称她早就知道自己是双胞胎，正在寻找自己的孪生姐妹。但这却是千重子做梦都没想到的事情。事发太过突然，以致千重子并没有像苗子找到她那般欢天喜地。

况且，生父自杉树上摔落、生母早早离世的消息，也是听苗子说完才知道的。她心中波澜万丈。

在此之前，也只是偶尔听到邻人的闲言碎语，想过自己是个弃儿，但是，却从来没有认真想过亲生父母究竟是哪里人，是做什么的。这些事情即便去想，也不会有结果。更何况太吉郎和阿茂对千重子的爱，是那么深厚，她完全没有必要去想那些事情。

今夜的宵山前祭上，听到苗子的这番话，对千重子而言不见得是一件幸事。然而，千重子对苗子这个孪生姐妹，似乎萌生了一种温暖的爱。

“看上去她的心地比我纯洁，而且勤劳能干，身子也很结实。”千重子嘟囔着，“或许，有朝一日她也能帮我些什么……”

于是，她茫茫然地打算渡过四条大桥。

这时，“千重子小姐！千重子小姐！”传来了真一的呼唤声。“你怎么一个人神色茫然地走着呢？脸色也不好啊！”

“啊，真一先生！”千重子忽然醒悟过来似的，“真一先生，你小时候扮作童男乘着长刀鉾彩车巡行的模样，太可爱了！”

“那时可痛苦啦！不过现在想来，还有些怀念呢。”真一身旁还跟着同伴，“这是我哥哥，正在读研究生。”

真一的那位哥哥长得跟弟弟十分相像，他莽撞地冲千重子低头打了个招呼。

“真一小时候是个胆小鬼，长得又可爱，像女孩子一样漂亮，所以被选为了童子，真傻啊！”哥哥放声大笑起来。

他们一直走到大桥中央。千重子看了看真一哥哥那副健康的面孔。

“千重子小姐，您今晚脸色苍白，看起来很难过的样子呀。”真一说。

“可能是在大桥中央，光线照射的缘故吧。”千重子回道，脚下却用力地踏着步，“况且，宵山前祭的人这么多，大家都来去匆匆，就算是看到一个姑娘难过，大家也不会当回事的。”

“这可不行！”真一将千重子推向了桥栏杆处，“你靠在这里，休息一下吧。”

“谢谢。”

“河风也不太大……”

千重子以手扶额，像是要微微闭上眼似的。

“真一先生，你被选作童男乘长刀鉾彩车巡行那年，有几岁？”

“哦……仔细算来，应该还没满 7 岁吧。记得是上小学的前一年……”

千重子点了点头，却没作声。她想擦擦额头和脖颈上的冷汗，手一探入怀里，就摸到了苗子的手帕。

“啊！”

那条手帕已经被苗子的泪水浸湿了。千重子握着手帕，犹豫着要不要把它拿出来。最后，她将手帕在手心里团起来，拭了拭额头。眼泪几乎夺眶而出。

真一脸上露出诧异的神色。因为他知道，千重子绝不是将手帕皱皱巴巴团成一团，再塞进怀里的人。

“千重子小姐，你很热吗？还是冷到打寒战呢？如若得了热感冒，可就麻烦了，早点回去吧……我们送你！是吧，哥哥？”

真一的哥哥点了点头。在此之前，他一直目不转睛地盯着千重子看。

“我家离得很近，不必送了……”

“正因为近，就更要送了。”真一的哥哥干脆地说。三人便从桥中央折返回去了。

“真一先生，你当真还记得，你扮作童男乘彩车巡行时，我跟着你到处走的事情吗？”千重子问道。

“记得！记得！”真一回答。

“当时还很小。”

“是很小啊！身为童男，却毛毛腾腾地左顾右看，实在是不像样吧。但是，我想着有一个小小的女孩子正紧跟着彩车一起走走。被人群挤来挤去……她肯定累坏了吧。”

"我再也不能变得那么小了啊。"

"你在说什么呢？"真一轻巧地绕开话题，一边疑惑着：今晚的千重子到底是怎么了？

将千重子送到她家店铺后，真一的哥哥礼貌地跟千重子的父母寒暄了一番，真一则在哥哥的身后等候着。

太吉郎正在内室里与一位客人对饮祭酒。其实也谈不上对饮，只是陪伴在侧罢了。阿茂则时而站起身侍候二人，但当千重子说"我回来了"时，她边回应道"回来啦，今天好早啊"，边回身望了望女儿的神情。

千重子礼貌地向客人打了招呼，对母亲说："母亲，我回来晚了，我帮您做些什么吧……"

"没事，没事。"母亲阿茂轻轻向千重子使了个眼色，和千重子一起去了厨房。虽说是为了搬酒坛子，但母亲还是问道："千重子，他们是见你一副让人放心不下的样子，才送你回来的吧？"

"嗯，真一和他哥哥……"

"是呀。你的脸色不好，走路也摇摇晃晃的。"阿茂用手探了探千重子的额头，"没发烧，可你好像有心事。今晚有客人，你和母亲一起睡吧！"母亲说罢，温柔地搂住了千重子的肩膀。

千重子强忍住了几乎要夺眶而出的泪水。

“你先上后面二楼休息吧！”

“好，谢谢母亲……”母亲的慈爱，让千重子的心情舒朗了起来。

“你父亲也是，因为客人少，所以很是寂寞呢。晚饭时，倒是有五六个人在……”

然而，千重子把酒壶端了出来。

“您已经喝得够多了，喝完这些就别再喝了。”

千重子侍酒的手颤抖不已，便伸出左手托住它。但即便如此，还是轻微地颤动着。

今夜，中院里的吉利支丹石灯笼也点上了火。老枫树上的凹陷处，两株紫罗兰也依稀可见。

虽然花已然凋谢，但这上下两株小小的紫罗兰，或许正是千重子和苗子的真实写照吧？两株紫罗兰看似从未谋面，但今夜是不是相会了呢？千重子在朦胧的光亮下看着两株紫罗兰，渐渐地，泪水又涌上了眼眶。

太吉郎也注意到了千重子的不对劲，时不时地望望千重子。

千重子悄悄站起来，走上了后面的二楼。常睡的寝室里，已经铺好了客人的睡铺。千重子从壁橱里拿出了自己的枕头，立马钻进了被窝。

她将脸埋进枕头里，双手抓住枕头两端，以免被人听到自己的抽泣声。阿茂上来后，看到千重子的枕头好像被泪水浸湿了，便拿出一个新枕头："用这个吧，我等会儿就上来陪你。"然后立马下楼去了。走到楼梯处，阿茂稍稍停下脚步，回头望了望，但终究什么都没有说。

地板上虽然也可以铺三个睡铺，但现下只铺好了两个。而且，那还是千重子的睡铺。看来，母亲是打算在千重子的睡铺里陪她一起睡了。

只是，睡铺下方却仅叠放着母亲和千重子二人的两床麻制夏被。

阿茂没有铺自己的睡铺，而是将女儿的睡铺摆好了。虽然不是什么大事，但千重子却感受到母亲的一番用心。

于是，千重子终于止住了眼泪，心情也平静了下来。

"我是这家人的女儿！"

千重子心中虽已暗下决定，但与苗子相遇后心中却乱作一团，实在忍不住了才会这样的。

千重子走到梳妆台前，照了照自己的容貌。本来想化妆掩饰一下，但又作罢了。最后仅是拿来香水瓶，在睡铺上撒了一点点。而后，又将伊达腰带重新紧紧地系好。

当然，她也没法立即入睡。

“我是不是对苗子这个姑娘，太冷漠无情了？”

她一闭上眼，中川北山町那座美丽的杉山便跃然眼前。苗子的话，让千重子大致了解了亲生父母的情况。

“这件事，是向自家父母坦白为好呢？还是不说为妙呢？”

恐怕，自家父母也不知道千重子的出生地，不知道千重子的亲生父母是谁吧。千重子虽然想到自己的亲生父母，“早已，不在这人世间了……”却也再也流不出眼泪了。

街上传来了祇园祭的奏乐声。

楼下的客人好像是近江长滨一带的绉绸商人。二人觥筹交错，嗓门也逐渐拔高，交谈声甚至传到千重子睡觉的后面二楼去了。

客人似乎一直强调着：彩车的巡行队伍从四条大街走到宽阔的现代风河原街，然后又绕到防空路——御池大道，甚至在市政府门前增设了观礼席，都是为了所谓的观光。从前，彩车会走极具京都风格的狭窄小路，有时房子也会被稍微弄坏一些，但这却极富情调，据说还曾有人在二层要到过粽子。如今，则是分撒粽子了。

四条大街姑且还能看到，但一拐到狭窄的小道，就很难看到彩车的下端了。这样也好。

太吉郎平和地解释：在宽阔的大街上看到彩车的全貌才是最棒的！

千重子觉得，躺在被窝里仿佛也能听到彩车大大的木车轮拐弯时发出的声响。

今夜，客人好像会暂住在隔壁的房间，千重子打算明天就把从苗子口中得知的一切都坦诚地告诉父母。

据说北山杉村都是个人企业，然而，并不是所有人家都拥有土地。拥有土地的人很少。千重子想，自己的亲生父母应该曾是有土地的人家的雇工。

苗子自己也说过："我在做雇工……"

这已是二十年前的事了，或许父母当时不仅觉得双胞胎很丢人，而且还听闻双胞胎难养活，又考虑到生活问题，才将千重子抛弃的吧。

——千重子有三件事忘记问苗子了：千重子被

抛弃时还是个小婴儿，父母为什么要抛弃她而不是苗子呢？父亲是什么时候从杉树上摔落的呢？虽然苗子曾说过那是刚生下来不久，还有，苗子曾说她好像出生于杉村更深处的母亲的故乡，那里究竟是什么地方呢？

苗子好像意识到自己与被抛弃的千重子身份悬殊，所以苗子绝不会主动来找千重子。如果千重子还想再聊聊的话，必须自己去苗子工作的地方找她。

然而，千重子却不能瞒着父母去找她。

千重子曾反复品读大佛次郎的名作《京都诱惑》。

此时她脑海中浮现出书中的一段文字："用以制作北山圆木的杉树树林，枝头绿梢交错重叠，宛若层云；山间明朗地林立着一排树干纤细的赤松，整个山林像是在演奏乐曲似的，送来树木的阵阵歌声……"

比起祭典上的奏乐、节日的喧嚣，那层峦山岭奏响的连绵而悠扬的乐曲、树木的歌声，更能叩响千重子的心门。她仿佛穿过了北山的重重彩虹，聆听着那动人的乐曲、歌声……

千重子的悲伤逐渐消散。或许她原本就并不悲伤，只是突然遇到苗子后，感到些许惊讶、迷茫、困惑罢了。或许身为女子就注定会流泪吧。

千重子翻了个身，闭上眼睛，听起了悠悠山歌。

“苗子那样高兴，但我当时是怎么了？”过了一会儿，客人和父亲母亲一起走上后面二楼来了。

“您好好歇息吧。”父亲招呼着客人。

母亲将客人脱下的衣物叠好，走到这边的房间，正准备叠起父亲脱下的衣服，千重子说道：

“母亲，我来吧。”

“你还没睡？”母亲交给千重子后，躺下了明朗地说道，“好香呀，毕竟是年轻人嘛！”

近江的客人，或许是醉了酒的缘故，不一会儿，鼾声便隔着隔扇传了过来。

“阿茂。”太吉郎唤着隔壁床铺的妻子，“有田先生有意将自家儿子给我们送来呢。”

“是来做店员……职员吗？”

“是送来当养子，做千重子的……”

“怎么说这种话……千重子现在还没睡呢！”阿茂开口阻止丈夫继续说下去。

“我知道，千重子听听也好。”

“……”

“是二儿子，派来过咱家好几次了。

“我不是很喜欢有田先生。”阿茂虽然压低了声音，但语气却很坚决。

千重子的山林音乐消失了。

“是吧，千重子？”母亲将身子翻向女儿那侧。千重子虽然睁开了眼，但没有作答。她一时间陷入了沉默。千重子把足尖交叠起来，一动不动。

“有田先生，是想要这家店铺吧。我是这么认为的。”太吉郎继续说，“而且，他知道千重子长得漂亮，是个好姑娘……还跟我们有交易往来，很清楚我们生意的内容，或许我们店里有店员跟他嚼过舌根吧。”

“……”

“无论千重子有多漂亮，我也从不曾想过要为了咱家的生意而逼她结婚。是吧，阿茂？这样就太对不住神明大人了。”

“那是当然的。”阿茂附和。

“我的性子，还是不适合开店铺啊。”

“父亲，我让您把保罗·克利的画册什么的带到嵯峨的尼姑庵，实在是抱歉。”千重子站起来，向父亲道歉。

“什么？那是父亲的乐趣，是我的慰藉呀。现在，那也成了我活着的意义呀。”父亲微微低头，“虽然我甚至都没有画好那个图样的才能……”

“父亲！”

“千重子，我们干脆把这间批发店卖掉，搬到西阵也好，在寂静的南禅寺或是冈崎一带找个小小的房子住下也罢，我们两个人一起构思出一幅和服腰带的图样吧。你能忍受那份贫苦吗？”

“贫苦什么的，我一点也不介意……”

“是吗？”父亲再没开口，没一会儿便睡着了。

千重子却久久未成眠。

然而，翌日早晨，她早早睁眼，清扫起店门口的道路，又将格子门和长凳擦抹干净。

祇园祭仍在继续。

十八日，搭建后祭的山鉾彩车；二十三日，举办后祭的宵山、屏风集会；二十四日，上山巡行和举行巡行后的祭神狂言演出；二十八日清洗神舆，随后再返回八坂神社；二十九日，举办奉神祭，以此结束整个神事。

有好几座山，都穿过了寺庙町。

各种各样的事，让千重子的心一直无法平静，就这样过完了几乎一整月的节日祭典。

| 秋色 |

留存至今的明治文明开化的旧迹之一——沿护城河行驶的北野线电车，终于要被拆除了。这是日本最古老的电车。

众所周知，千年古都很早便引进了好几样西洋的新鲜玩意儿。京都人原来还有这样的一面啊。

然而，这个“老糊涂”的叮当电车至今还在运转，或许也是因为古都的存在吧。车身自然很小，坐下后几乎与对面座位的乘客膝盖相接。

然而一旦要拆除，人们难免又会心生不舍，便用假花将电车装饰成了花朵电车，随后又令一些人按古时明治的风俗打扮起来，乘上电车，并且将此事向市民们广而告之。这也算是一种特别的“祭典”吧。

接连几日，没事去乘坐电车的人群将这辆古电车塞得满满的。那是七月的事了，当时还有人撑着遮阳伞。

京都夏日的阳光要比东京毒辣得多，如今的东京已经看不到有人撑着遮阳伞行走了。

太吉郎正要在京都站前乘上那辆花朵电车，有一个中年女人故意藏在他身后，像是强忍着笑意一般。太吉郎嘛，装扮也算有股明治风派。

太吉郎乘上电车时，才注意到那个女人，他稍显害羞地说：

“什么啊，你没有作明治风扮相吗？”

“和明治很接近啦，而且我家就在北野线上呢。”

“哦，是这样啊。”太吉郎说道。

“什么是这样啊，说这么薄情的话……你总算是想起来了吧？”

“你还带着一个可爱的小孩子……你藏到哪里去了？”

“傻子……你明明知道这不是我的孩子嘛。”

“这我可不知道，女人啊……”

“说什么呢，男人才是这样吧！”

女人带着的小女孩儿，肤白可爱，可能有十四五岁，身穿和服浴衣，系一条红色细腰带。小女孩儿很害羞，像是要躲开太吉郎似的坐在了女人身旁，紧紧闭着嘴。

太吉郎轻轻拽了一下女人的衣袖。

“小知衣，坐到中间来！”女人说。

三人沉默了一阵，女人越过小女孩儿头顶，附到太吉郎耳边低语：

“我常常想着，要不把这个孩子送到祇园做舞女算了。”

“她是谁家的孩子？”

“附近茶馆老板的孩子。”

“嗬。”

“也有人把她当成咱俩的孩子了呢。”女人用几乎听不到的声音小声嘟囔着。

“说什么呢！”

女人曾经是上七轩茶馆的老板娘。

“这个孩子要拉着我，去北野的天神社呢。”

太吉郎知道这只是老板娘的玩笑话，他问少女：

“你今年多大啦？”

“我今年读初一。”

“唔。”太吉郎望着女孩，“哎，等你转世投胎后再来拜神求愿吧。”

她是在烟花柳巷长大的孩子，似乎听懂了太吉郎话中的深意。

“为什么这孩子要拉你去天神社呢？这个孩子不会是天神的化身吧？”太吉郎跟老板娘开着玩笑。

“正是，正是。”

“天神不是男人吗？”

“他转生成女子了。”老板娘的表情一本正经，“如果是男子，便又要遭受流放之罪了。”

太吉郎几乎要笑出声了，问：

“如若是女子呢？”

“如若是女子，我想想……如若是女子，就会被好郎君捧在心头，受尽宠爱吧。”

“嗬。”

毋庸置疑，小女孩生得美极了。她梳着娃娃头，头发乌黑发亮，双眼皮也极为漂亮。

“独生女？”太吉郎问道。

“不是，她还有两个姐姐。大姐明年春天初中毕业，可能要离开家吧。”

“她也像这孩子一样漂亮吗？”

“虽然很像，不过没有这个孩子长得漂亮吧。”

“……”

上七轩如今一个舞女都没有，就算是当舞女也必须初中毕业。

所谓上七轩，是因为之前只有七间茶室吧。太吉郎不知从哪里听说，茶室现在已经增设到二十间了。

从前，其实也没那么久远，太吉郎和西阵织布商或地方主顾经常一起去上七轩寻欢作乐。当时那些女人的身影，不由自主地浮现在他脑海中。那时太吉郎店铺的生意还很兴隆。

“老板娘，你也是个好奇心强的人呀。乘坐这样的电车……”太吉郎说道。

“人最重要的就是要念旧。”老板娘回应，“我们的生意靠的正是不忘旧客……”

“……”

“况且，今天我们来这里是为了把客人送到车站，乘这辆车正好回家……佐田先生才真是奇怪呢！独自一人来乘电车……”

“是啊，为什么呢？明明来看看这辆花朵电车就行了……”太吉郎歪着头说，“是我太怀念过去了？还是现下太寂寞了呢？”

“你也不是将寂寞挂在嘴边的年纪了。跟我们一起去吧，看看年轻小孩也好啊……”

太吉郎眼看就要被她领着去上七轩了。

老板娘径直地朝着北野神社的神前奔去，太吉郎也跟去了。老板娘虔诚的祷告十分漫长，姑娘也低头祷告着。

老板娘回到太吉郎身侧时，对他说：

“该放小知衣回去了。”

“啊！”

“知衣，你回去吧。”

“谢谢。”女孩儿向两人打了招呼便离开了。她渐行渐远，步伐像一个初中生了。

“你好像很中意那个孩子啊。”老板娘说，“再过上两三年，她就可以出来了吧。期待一下吧……现在就是个小大人了，长得还漂亮。”

太吉郎没有作答。

太吉郎本想着，既然都来到这儿了，不如在神社宽敞的院落里转转，但酷暑难耐。

“我们在那里稍事歇息一下吧，我有点累了。”

“好，好！我一开始就有这个打算，但实在是好久不见啊。”老板娘说道。

走到老茶馆后，老板娘便故作庄重道：

“欢迎光临，好久不见呀，我们常常念叨起您呢。

“进来躺躺吧，我去给您拿枕头。对啦，您刚刚说自己很是寂寞吧？我给您喊一个温顺的姑娘来说说话……”

“我可不要之前见过的艺伎啊！”

太吉郎正昏昏欲睡时，一个年轻的艺伎走了过来。艺伎静静地坐了一会儿。她第一次见太吉郎，或许觉得他是个难缠的客人吧。太吉郎也发着呆，全然没有要开口说话的样子。艺伎为了吸引客人的注意，便提起自己出来卖艺后，两年内竟喜欢过四十七个男人。

“这不正巧是赤穗义士嘛？他们有四五十个人呢。现在想来属实离谱，那完全就是单相思别人的丈夫啊！我也被大家取笑了一阵呢。”

太吉郎睁开眼，清醒了过来，问她：

“现在呢？”

“现在是一个人。”

这时，老板娘也走进了房间。

太吉郎想着：艺伎也就二十岁左右，她与这些男人也没深交，她真的记得清“四十七”这个数字吗？

接着，她又说道，自己当艺伎第三日曾领着一个打心眼里不喜欢的客人去洗手间，突然就被他强吻了。艺伎便咬了客人的舌头。

“出血了吗？”

“嗯，当然出血了。客人气急败坏地让我赔他医药费，我也哭了，事情闹得挺大的。但事端是对方挑起的嘛。我现在都不记得那个人的名字了。”

“唔。”太吉郎看了看艺伎的脸，想着：这么一个身段纤细、溜肩，看起来很温柔的京都美人，当年才十八九岁，竟会突然间发狠咬人啊。

“给我看看你的牙齿。”太吉郎对年轻的艺伎说。

“牙齿？要看我的牙齿吗？我说话时，你就已经看到了吧？”

“我想再仔细看看。”

“不行，多难为情啊。”艺伎闭上嘴，但接着又说道，“不行啊先生，这样就说不了话了呀。”

艺伎可爱的嘴角扬起，露出了小巧而洁白的牙齿。太吉郎拿她打趣道：

“这是牙齿折断后安的假牙吧？”

“舌头是软的呀！”艺伎不经意间脱口而出，“讨厌，再不理你了……”说完便把脸藏到老板娘身后了。

过了一会儿，太吉郎对老板娘说：

“既然都到这里来了，要不我再去中里那里转转吧。”

“嗯，中里先生也会很高兴的。我陪你一起去吧，好吗？”老板娘站起身来，稍在梳妆台前坐了坐。

中里家的门面与旧时无二，但客厅却焕然一新。又过来了一个艺伎，太吉郎在中里那里一直待到了晚饭后。

——在太吉郎外出这段时间，秀男来到了他家的店铺。他跟店员说要找老板家的千金，千重子便前去店门口见他。

“祇园祭时约好了要给您绘制腰带的图样，我已经试着画好了，就拿来给您看看。”秀男说道。

“千重子！”母亲阿茂唤她，“快把人家请进来！”

“嗯。”

进入中院的一间屋子后，秀男给千重子看了图案。图案有两幅。一幅是菊花，以绿叶相衬，形状新奇，几乎难以察觉那竟是菊叶，可见他下了很大一番功夫。另外一幅是红叶。

“真好呀。”千重子看得入迷。

“千重子小姐能喜欢，那就太好了……”秀男说道，“所以您选哪一幅呢？”

“嗯……要是选菊花，一年四季都可以系呀。”

“那就织菊花那条吧，好吗？”

“……”

千重子低下头，面容染上了一层愁云。

“两幅都很美，不过……”她吞吞吐吐地说道，“你能画出长着杉树与赤松的山林吗？”

“杉树与赤松的山林？听起来很难画，让我考虑一下。”秀男诧异地看着千重子的脸。

“秀男先生，请您原谅。”

“原谅什么的，不必……”

“那是……”千重子不知道该不该说，但还是开了口，“节日祭典那晚，在四条大桥上，与秀男先生约好要给她织腰带的人，实际上不是我。你认错人了。”

秀男没作声，他不相信千重子的话，神色也变得十分无力。他费尽心血绘制图样，正是为了千重子。难道千重子就此打算彻底拒绝自己吗？

然而，千重子的言谈举止，他还是难以理解。秀男稍稍平复了一下激动的情绪。

“难道我是遇到小姐的幻影了吗？是和千重子小姐的幻影交谈的吗？祇园祭上会出现幻影吗？”然而，秀男却没有将“意中人的幻影”说出口。

千重子的表情严肃起来，说道：

“当时和你说话的，是我的姐妹。”

“……”

“那是我的姐妹。”

“……”

“我那晚也才第一次见过面的姐妹。”

“……”

“这个姐妹的事情，我还没有跟家里的父亲母亲说过呢。”

“嗯？”秀男惊呆了，完全摸不着头脑。

“你知道产北山圆木的村庄吗？那位姑娘就在那里工作。”

“嗯？”

秀男出乎意外，几乎说不出第二句话。

“你知道中川北山町吧？”千重子又问。

“嗯，我曾乘车经过那里……”

“我想给那位姑娘送一条秀男织的腰带。”

“嗯？”

“给她织吧。”

“嗯？”秀男半信半疑地点了点头，“所以您才让我绘制赤松和杉树山林的图样吗？”

千重子点了点头。

“好的，但那个花样与她的生活环境相比，会不会太花哨了？”

“这就要看秀男先生的设计了吧。”

“……”

“她肯定会珍惜一辈子的吧。那个姑娘名唤苗子，不是拥有土地人家的孩子，所以正在辛勤劳作。她比我要结实，要坚强……”

秀男依旧很疑惑，但他还是说：

“既然是小姐的请求，那我一定会精心织好。”

“我再嘱咐一遍，那是位名叫苗子的姑娘。”

“我知道了，但为什么她长得跟千重子小姐那么像呢？”

“因为我们是姐妹。”

“就算是姐妹，也……”

千重子终究没有跟秀男坦白，她俩是双胞胎姐妹。

当时大家都身着夏季祭祀时的清凉装束，所以秀男在夜光中将苗子错认成千重子也未必是看走了眼。

店铺古雅的格子门外还有一层外格门，那儿还添置了一席长凳，铺面幽静而深邃——或许眼下这种设计已经过时，但这么一家京都风格的气派的和服批发店，店里的掌上明珠怎会与给北山杉的圆木店当雇工的姑娘是姐妹呢？秀男百思不得其解。但这种事，也不能深入追问。

“织好腰带后，送到这儿来行吗？”秀男问。

“嗯……”千重子稍稍想了一会儿，说，“你能直接送到苗子那里去吗？”

“可以的。”

“那就拜托你了。”千重子真心诚意地拜托给了秀男。

“虽然路途有些遥远……”

“嗯，也不算太远。”

“苗子该多么高兴呀！”

“她会接受的吧？”秀男会产生如此疑问，合情合理。苗子大概会吓一大跳吧。

“我会向苗子好好说清楚的。”

“是吗？那就行……那我一定会给她送到的，她家在什么地方呢？”

千重子也不知道，便问他：“苗子家吗？”

“嗯。”

“我打电话或者写信告诉你。”

“好的。”秀男回应，“比起您说的有两位千重子小姐，不如我就把它当作为小姐您织的腰带，精心织好后，亲自送去。”

“谢谢你。”千重子低头致谢，“拜托你了！你觉得这事奇怪吗？”

“……”

“秀男先生，这条腰带不是织给我的，而是织给苗子的。”

“嗯，我知道了。”

不一会儿，秀男便走出了店铺，但他还是觉得这件事是个谜。然而，他现在必须要让思绪转向去思考腰带的图样了。赤松与杉树的山林，这个组合如果不设计得大胆一些，那作为千重子的腰带，恐怕就太朴素了。对秀男而言，他还是将这条腰带想成要织给千重子的了。不，如果是织给那位苗子姑娘，那必须要设计成贴近她劳作生活的图样。正如他曾向千重子说过的那样。

秀男想去曾偶遇“千重子扮作的苗子”或是“苗子扮作的千重子”的四条大桥上走走，于是便朝那边走去了。

然而，白昼烈日灼灼，酷暑难耐。

他凭倚在桥的栏杆上，闭上双眼，细细聆听着那几乎难以察觉的潺潺流水声，而不是人潮喧闹、电车嗡鸣的声音。

千重子今年没去看“大文字五山送神火”。

连母亲阿茂都罕见地跟着父亲一道前去了，千重子却留下了。

父亲他们和附近要好的两三家批发商一起将木屋町二条下茶馆的房间租下来了。

八月十六日的所谓大文字五山送神火，就是盂兰盆节后的送神火活动。据说，如今在山上焚火，是由古时夜晚将火把抛向天空，以送别回归冥府的亡灵的习俗演变而成的。

京都东山如意岳的大文字篝火虽是正统，但实际上焚火仪式是在五座山举行的。加上金阁寺附近北山的“左大文字”、松崎山的“妙法”、西贺茂明见山的“船形”、上嵯峨山的“鸟居形”，这五座山的篝火会被陆续点燃。其间大概四十分钟内，市内的霓虹灯和广告灯将全部熄灭。

在篝火照映下的远山之色、夜空之色中，千重子感受到了初秋的色彩。

比大文字五山送神火活动还要早半个月的立秋前夕，下鸭神社举办了越夏祭祀。

千重子经常与几位友人一起登上加茂川的堤岸，远眺“左大文字”篝火。

大文字仪式千重子从小便看惯了，但随着年岁平增，“今年也不想去看大文字”的心绪便逐渐涌上了心头。

千重子出了店门，在长凳周围与邻家的小朋友们一起嬉戏打闹起来。小朋友们好像对大文字之类的仪式全然不在意，反而对烟花很感兴趣。然而，今夏的盂兰盆节却让千重子增添一种新的哀伤。因为她在祇园祭上偶遇了苗子，并从苗子口中得知了自己的亲生父母早已撒手人寰。

“对，明天就去见苗子！”千重子想着，“还必须要跟她说一下秀男织腰带的事情……”

翌日午后，千重子着一身不显眼的装束，便出门去了。——千重子还未在白日的阳光下见过苗子。

千重子在菩提瀑布站下了车。

现下，北山町或许正值繁忙之季。在那里，男人们正在剥着杉树圆木的外皮。堆积如山的杉树皮掉落四周，范围不断扩大。

千重子有些犹豫，稍稍往过走了一点，这时，苗子一溜烟似的跑来了。

“小姐，您来啦。真是，真是太好了……”

千重子看着苗子这一身劳作装扮，说：

“现在方便吗？”

“嗯，今天我请好假了。看到千重子小姐的身影……”苗子喘着气，继续说，“我们去杉山深处说吧，谁都不会看见的。”说着便拉着千重子的衣袖走了。

苗子急急忙忙地把围裙摘掉，铺在了土地上。丹波棉布制成的围裙很宽大，甚至系的时候得绕到身后，所以两个人得以并排坐下。

“请坐吧。”苗子说。

“谢谢。”

苗子取下戴在头上的手帕，用手指将头发拢在一起，说：“您来了可太好了！我实在是太高兴了，太高兴了……”苗子眼睛亮亮的，凝视着千重子。

泥土的清新，草木的馥郁，一股杉山的芬芳扑鼻而来。

“坐在这里，下面的人看不到的。”苗子说。

“我很喜爱美丽的杉树林，偶尔会上这儿来，但是从来没进到过杉山里面，这还是头一回呢。”千重子环视四周说道。几乎一般粗的杉树，成群地林立着，高耸挺拔，将两人包围其中。

“因为是人工修整的嘛。”苗子说。

“嗯？”

“这些树长了四十多年了吧。马上就会被人们砍下来制作成柱子什么的了。如若就这么留着它们，它们估计会长一千年吧，会变得更粗，长得更高吧。我时不时会这么想。我其实更喜欢原始森林。这个村落，嗯，就像是在制作剪纸花一样……”

“嗯？”

“如果这个世上没有人类，也就不会有京都这座城市了。可能就是自然森林，或是杂草丛生的原野之地吧，再或者也会成为鹿群或是野猪之类动物的领地吧。人类为什么会降生于世呢？多可怕啊。人类这东西……”

“苗子小姐，你一直在思考这样的问题吗？”千重子十分诧异。

“嗯，偶尔……”

“苗子小姐，你不喜欢人类吗？”

“我最喜欢人类，不过……”苗子回答，“再没有比人类更令我着迷的东西了。但如果这片土地上没有人类，将会变成什么样呢？我偶尔在山中小寐，醒来后会突然想到这些……”

“这难道不是隐藏在你内心深处的厌世情绪吗？”

“我最不喜厌世之类的想法了。我每天都很快乐，很快乐地工作，但是……人类……”

“……”

两个姑娘身处的杉树林，忽然变得昏暗起来。

“骤雨要来了。”苗子说。雨水积在杉树树梢的叶片上，又化作了大粒的雨滴，坠落而下。

而后，伴来一阵秋雷的轰鸣。

“好可怕，好可怕！”千重子小脸变得煞白，紧紧地攥住了苗子的手。

“千重子小姐，您屈膝蜷缩起来吧。”苗子说罢，便俯身覆到千重子身上，几乎把她整个身子都护在了怀里。

雷声越来越响，电闪和雷鸣在天际交替出现，间隙越来越短。雷声隆隆，好似山崩地裂，正朝着两个姑娘的正上方压来。

雨水打在杉树树梢上沙沙作响。每次闪电，电光都会直穿地面，把两位姑娘身边的杉树树干都照亮了。笔直而美丽的杉树干，在一刹那变得令人毛骨悚然。随即又响起了雷鸣。

“苗子姑娘，雷好像要劈过来了。”千重子把身子缩得更深了。

“可能吧，但不会落到我们头上的。”苗子的声音沉稳有力，“绝不会的！”

苗子干脆用自己的身子将千重子裹了个严严实实。

“小姐，您的头发有些湿了。”说罢，苗子用手帕拭了拭千重子脑后的头发，然后将手帕对折，覆在了千重子头上。

“雨滴可能会稍微渗进去一些，可是小姐，雷电绝不会落在您头上或是您周围的。”

意志刚强的千重子听到苗子坚定的语气，内心也稍微平复下来，对苗子连连道谢：“谢谢你，真的谢谢你。你为了我，全身都淋透了。”

“我穿着劳作服，完全没关系。”苗子说，“我很高兴。”

“你腰间闪闪发亮的，是什么？”千重子问道。

“啊，我忘了个干净！这是镰刀。我当时正在路旁剥杉树皮，看到你就飞奔过来了，所以还带着镰刀。”苗子这才察觉，说，“好危险啊。”随即便把镰刀扔到了远处。那是一把没有木手柄的小镰刀。

“回去时再去捡起来，虽然我不想回去……”雷电仿佛从两人的头上掠过。

苗子用身体将自己覆盖住的情景，清晰地印入千重子的脑海。

尽管是夏季，山间骤雨却仿佛让人的手指尖儿都变得冰凉了起来，但苗子从头到脚把千重子覆盖得严严实实，她的体温在千重子的皮肤上蔓延开来，随后深深渗入她的心底。那是一种无法言喻的亲情的温暖。

千重子沉浸在幸福中，静静地闭上了双眼享受了一会儿，然后又说道：

“苗子小姐，真的谢谢你了。在母亲腹中，你也是这么护着我的吧。”

“那时候，恐怕我们二人只会挤来挤去，相互踢踹吧。”

“是啊。”千重子的笑声中满是对血亲的情谊。

骤雨雷鸣似乎过去了。

“苗子小姐，真的谢谢你……已经可以了。”千重子动动身子，想从苗子身下站起来。

“嗯，但您再等一下，杉树叶片上积聚的雨水珠还在往下滴落呢……”苗子的身子依旧掩护着千重子。

千重子用手探了探苗子的后背，说：

“你身上湿透了，不冷吗？”

“我已经习惯了，无碍。”苗子说，“小姐，您能来我才高兴，身上都觉得暖烘烘的。小姐您身上也有些湿了吧？”

“苗子小姐，我们的父亲是从这附近的杉树上摔落下来的吗？”千重子问她。

“不知道，我当时也还是个小婴儿。”

“那母亲的家乡在哪呢？外公外婆还健在吗？”

“我也不知道。”苗子回答。

“你不是在母亲的家乡长大的吗？”

“小姐，您为什么要打听这些事情？”苗子严肃地问她，千重子便把话咽了下去。

“小姐，您是不会有这样的家人的。”

“……”

“您仅是将我当作自己的姐妹，我就很感激了。祇园祭时，我多言了。”

“不，我很高兴的！”

“我也是……虽说如此，但是我不想到小姐家的店铺那里去。”

“你来呀！我会好好款待你的，也会跟父亲母亲说明……”

“算了。”苗子态度强硬，“小姐如果像今天这般遇到苦难，那我就算是死，也会护您周全。您理解我的想法吗？”

千重子感动得几乎要落下眼泪，她说：

“苗子小姐，你在祭典当晚被人误认成我，当时很不知所措吧？”

“嗯，是那位跟我谈腰带的男士吗？”

“那个年轻人，是西阵腰带铺的织匠，为人踏实……他当时说要给苗子小姐织一条腰带吗？”

“他那是把我错认成千重子小姐了。”

“前几天，他把腰带的图样拿来给我看过了。当时我就告诉他，他当日见到的不是我，而是我的姐妹。”

“嗯？”

“我还拜托他给我的姐妹苗子也织一条呢。”

“给我？”

“不是约定好的嘛。”

“那是因为认错人了。”

“他给我织一条，再给苗子小姐织一条。作为姐妹的象征……”

“我……”苗子吓了一跳。

“祇园祭上不是约好了吗？”千重子温柔地说。

苗子的身体刚刚保着千重子，这会儿有些僵硬，一时动弹不得。

“小姐，您遇到困难，我非常乐意去帮助您，甚至代替您承受苦难。但是，我不愿意代替您接受别人的礼物。”苗子干脆地说。

“这样也未免太无情了。”

“我又不是您的替身。”

“你是我的替身。”

千重子不知如何才能说服苗子，便开口：

“我给你的东西，你也不收下吗？”

“……”

“苗子小姐，是我想送给你，才拜托他去织的。”

“这与事实稍微有些出入吧？祭典当晚，是他认错了人，对我说他想将腰带送给千重子小姐的。”苗子顿了顿，接着说，“那个腰带店的织布小哥好像很倾慕你呀。我也是个女孩子，所以很清楚这一点。”

千重子按捺住内心的羞涩，问：

“若是如此，你才不想要的？”

“……”

“我跟他说你是我的姐妹，让他帮忙织的……”

“那我收下吧，小姐。”苗子乖乖听话了，“我刚刚说了些有的没的，请你原谅。”

“那人会把腰带送到苗子小姐家的，你家在哪里呢？”

“一间叫作村濑的房子。”苗子回答，“腰带肯定很高级吧？我这种人，会有机会系上它吗？”

“苗子小姐，人的前途是不可估量的。”

“嗯，是这样啊。”苗子颔首，继续说，“我也没想过要出人头地，即便是没有机会系上它，我也会把它视为珍宝的。”

“我们店里不怎么买卖腰带，但我会给你寻一身和服，能配上秀男先生所织的腰带。”

“……”

“我父亲为人古怪，近来越来越讨厌做生意了。我们家这样的杂货批发店，不是只卖高级和服的。最近化纤织品和毛织品也越来越多……”

苗子抬头仰望杉树树梢，而后离开了千重子的背部，站起身来。

“雨点还在往下滴，小姐，委屈您了。”

“没有，多亏有你……”

“小姐，您可以试着帮忙料理家中的店铺呀。”

“我？”千重子仿佛被她的话所打动，站了起来。

苗子身上的衣服已经湿透了，紧紧地贴着皮肤。

苗子没有把千重子送到公交车站。与其说是因为全身都湿透了，倒不如说她怕引人注目吧。

千重子回到店铺时，母亲阿茂正在通道土间的最里面，给店员们准备小点心。

“你回来了！”

“母亲，我回来了。回来得晚了……父亲呢？”

“他钻到手作幕布后面了，好像在思考什么事情。”母亲注视着千重子，问道，“你去哪儿啦？衣服都湿了，皱巴巴的。快去换一身吧。”

“是。”千重子上了后面二楼，慢慢悠悠地换着衣服，在房间坐了一会儿便下楼了，那时母亲刚把午后点心给店员们分发完毕。

“母亲。”千重子的声音微微颤抖，“我有话想跟母亲您单独聊聊……”

阿茂点头：“我们去后面二楼吧。”

到了地方，千重子有些拘谨。

“咱家这里也下骤雨了吗？”

“骤雨？没下骤雨，但你应该不是要跟我聊什么骤雨吧？”

“母亲，我去了北山杉的村庄。那里住着我的姐妹……是我的姐姐或是妹妹，我是双胞胎之一。我们二人在今年的祇园祭上初次相逢。据她说我的亲生父母早就不在人世了。”

这件事自然打了阿茂一个措手不及。她只顾着呆呆地凝视着千重子的脸。“在北山杉的村庄……是吗？”

“我实在不能瞒着母亲。祇园祭再加上今天，我们一共就只见过两次面……”

“是个小姑娘吧，现在在做什么呢？”

“她已经工作了，在杉村的一户人家当雇工。她是个好姑娘，不愿意上咱家来。”

“唔。”阿茂沉默了片刻，说，“你既然已经知道了，那样也好。千重子，你是……”

“母亲，千重子是您家的孩子。您就像之前一样，将我当成您的孩子一样对待吧。”千重子的表情认真起来。

“那是当然啦！这二十多年来，千重子早就是我的孩子了。”

“母亲……”千重子将脸伏在阿茂的膝头。

“其实，自打祇园祭起，千重子就偶尔会发呆，所以母亲还以为你有了喜欢的人，还想着问问你呢。”

“……”

“把那个孩子带到咱家，让我见上一次行吗？等店员都回去以后，晚上也行。”

千重子在母亲膝上微微摇摇头，说：

“她不会来的，她甚至还管我叫小姐呢……”

“这样啊。”阿茂抚摸着千重子的头发，说，“谢谢你跟我说这些，那孩子跟千重子长得很像吗？”

丹波壶中的金钟子开始鸣叫起来了。

| 松之绿 |

听闻南禅寺附近有合适的卖家，太吉郎便邀请妻女一道，趁着秋高气爽的好天气出门散散步，顺便前去看看情况。

“你打算买下来吗？”阿茂问他。

“看过后再说吧。”太吉郎瞬间有点不耐烦。

“价钱便宜，听说是个小房子呢。”

“……”

“就算只是去散散步，不也挺好吗？”

“话虽如此……”

阿茂有些不安。他难道打算买下那间房子，每天再跑到现在的店铺上班吗？——与东京的银座、日本桥一样，中京的批发商街里，有许多老板都另添了住宅，来店上班。如若如此，那还算好。自家的生意虽然日渐萧条，但手头仍有富余，应该可以另外添置一间小房子。可是，太吉郎不会是想把店铺卖掉，“隐居”在这间小房子里吧？或者说，这件事可能也要趁着手头还有富余，尽早做出决定为好。但要是这样，丈夫在南禅寺附近的小家里要做些什么来度日呢？丈夫也五十五岁了，阿茂想让他过上自己喜欢的生活。店铺能卖个好价钱，但如果未来要靠利息生活，心里多少还是没底。要是有人能帮忙将那笔钱善用起来，倒是乐得舒坦，但阿茂一时间也想不到谁能胜任这件事。

母亲的这种不安情绪虽没有言说，但女儿千重子却好像已了然于胸。千重子还年轻，她望向母亲的眼眸中充满了安慰。

但太吉郎却心情明朗，一副快活的模样。

“父亲，如果我们要去那附近散步，能不能顺道去一下青莲院呢？”千重子在车上请求着父亲，“只在门口就行……”

“是因为樟树吧，你是想去看樟树吧？”

“是的。”千重子惊讶于父亲的敏锐，“我想看看樟树。”

“走吧，走吧！”太吉郎说道，“父亲年轻的时候也是，在那棵大樟树的树荫下跟朋友们谈天说地。——虽然那些朋友们全都不在京都了。”

“……”

“那一带，每一个地方都令人怀念呀。”

千重子任由父亲在自己的年轻时代中沉浸了一会儿，说：“我也是，离开学校后再也没有在白天看过那棵樟树。

“父亲，您知道晚间游览车的游览路线吗？路线里安排了一个寺院——青莲院，车一到站，就有好几位和尚提着灯笼前来迎接呢。”

和尚们提着灯笼照亮前路，带领着客人们走到寺院门口，那是相当长的一段路。但是，那段路却可以说是来此游览的唯一情趣呢。

游览车指南上记载着，青莲院的僧尼们会备好淡茶招待客人，但是进入大厅后……

千重子笑着继续说：“虽然进门茶是一定有的，但人那么多，他们只端上一个摆满简陋茶碗的椭圆形大木盘便会匆匆离开。

“或许尼姑们也混在和尚当中，但一眨眼的工夫就不见了……真是大失所望啊，连茶都是半凉不热的。”

“这也没办法，如果周到地招待你们，不是很费时间吗？”父亲说。

“嗯，那也还好。四周的灯照映着那个宽敞的庭院，和尚走到庭院中央，站立后开始演讲。虽然讲解的是青莲院，但却是一番了不起的高谈阔论呢。”

“……”

“进了寺院，不知何处传来了琴声，我便问朋友们：‘那究竟是演奏出的呢？还是留声机放出的音乐呢？’”

“嗬。”

“然后就去看了祇园的舞伎，在歌舞练习场上跳上两三支舞蹈。啊呀，是哪个舞伎来着？”

“是什么样子的？”

“她系着垂带，但衣衫却很寒酸。”

“不认识。”

“我们从祇园到岛原的角屋去看看顶级艺伎吧。顶级艺伎的衣裳才叫货真价实呢。侍女们也是……在巨型蜡烛的灯光下，举行了交换酒杯的仪式，之后又带着我们在门口的土间，欣赏了顶级艺伎盛装游行时的装扮。”

“哦，光看看这些也很不错了。”太吉郎说。

“嗯，青莲院门前的提灯相迎，和参观岛原角屋的艺伎是我最喜欢的两个项目。”千重子回答，“我记得曾说过这些事儿……”

“带着我也去玩一趟吧，我还没见过角屋和顶级艺伎呢。”母亲说着，车已经开到了青莲院门前。

千重子为什么想要看看樟树呢？是因为她曾在植物园的樟树林下散过步吗？还是因为她曾说北山杉树是人工栽培的，她喜欢自然生长的巨树呢？

但青莲院入口的石墙边上，只并排种着四棵樟树。其中眼前那棵看起来最为古老。

千重子一行三人站在那棵樟树前，凝视着它，什么话都没有说。只见大樟树的树枝以一种不可思议的姿态弯曲缠绕着，仿佛蕴含着一股令人畏惧的力量。

“好了吗？我们走吧！”太吉郎说着，朝南禅寺方向走去了。

太吉郎从腰包里掏出一张画着通往出售房子那家的路线图，边看边说道：

“哎，千重子，父亲也不是很了解樟树，樟树难道不是南方树木，生长在气候温暖的土地上吗？它是热海、九州一带盛产的树木吧。这里的樟树虽然是老树，但却让人觉得像一个大型盆栽似的。”

“您说的不正是京都吗？山林也是，河流也是，人也是……”千重子说。

“啊，是啊。”父亲点了点头，但又接着说道，“但人却不全是这样的啊。”

“……”

“无论是现时的人，或者是古时历史中的人……”

“是啊。”

“若真如千重子所说的那般，那日本这个国家不也是这样吗？”

千重子总觉得父亲把话题聊大了，但还是说道：

“虽说如此，不过父亲，您仔细看看那棵樟树的树干和那奇妙地伸展开来的树枝，你不觉得它很可怕吗？不觉得这是一种很强大的力量吗？”

“是啊。年轻小姑娘都在想这种问题吗？”父亲转身望向樟树，然后认真地盯着女儿说，“千重子，你说得对。它就像你乌黑发亮的头发，一直在生长着，而父亲则变得越来越迟钝啦！老糊涂啦！不，你说的话非常精彩。”

“父亲！”千重子唤着父亲，语气饱含着满满的情谊。

从南禅寺的山门向寺院内望去，里面宁静而宽敞，人影则如往常一样稀少。

父亲一边看着房子的路线图，一边往左边拐了弯。那个房子看上去的确很小，但却坐落在高高土墙的深处。从窄门到大门的道路两侧，绽放着一排白色胡枝子花。

“真美啊。”太吉郎在门前驻足，欣赏起了白色胡枝子花。然而，他想买下这间房子的心情却已然消失不见。因为他看到隔壁稍大的那间房子已然改成了一家餐厅旅店。

但是，那一簇簇白色胡枝子花却令他流连忘返。

在太吉郎没来的这段时间里，南禅寺门前大街上的商户们，大多都转行做了餐厅酒店，他这会儿大为震惊。其中也有些商户把房子改为能接待大型团体的宿舍，地方来的学生们进出往来，一片嘈杂喧闹。

“这房子看起来不错，但不能买。”太吉郎在那家种着白色胡枝子花的门前嘟囔着。

“照这样下去，京都城马上就会像高台寺一带那般，全都挤满餐厅旅店了吧……大阪和京都之间也变成了工业区，西京一带虽然还有空地，但如果抛开交通不便不谈，附近不知又会建起多少稀奇古怪的时髦房子……”父亲黯然神伤了起来。

太吉郎或许是不舍于那一簇簇白色胡枝子花，向前走了七八步后，一个人折返回来又欣赏了一番。

阿茂和千重子就在路上等着他。

“开得真美啊，是不是在栽培上有什么秘诀啊？”太吉郎说着，回到两人身边。

“要是用竹子把它们支撑起来就好了……可要是下雨，过路人的衣物会被胡枝子花的叶片打湿，不好走石子路呢。”太吉郎说，“如果屋主想到今年的胡枝子花开得如此动人，估计就不舍得卖掉房子了吧？可到了非卖不可的时候，胡枝子花是凋败还是纷乱也就全都无所谓了吧？”

两人默而不语。

“人嘛，恐怕就是这样了。”父亲的面容浮上了一层薄薄的愁云。

“父亲，您喜欢这样的胡枝子花吗？”千重子明朗地问道，“今年已经来不及了，明年我给您设计一幅胡枝子花的小花纹图样吧。”

“胡枝子是女式花样，是女性夏季浴衣的花样呀。”

“我想把它设计成既不是女式，也不是夏季浴衣的花样。”

“哦，小花纹之类的，是要做内衣吗？”父亲看向女儿，带着笑容搪塞道，“作为答谢，父亲为你做一身樟树图样的和服或是外褂吧！虽然这图样怪异得像妖怪……”

“……”

“简直把男女的样式给颠倒了似的！”

“没有颠倒呀。”

“那千重子你敢穿着那件像妖怪似的樟树图样的和服上街吗？”

“嗯，我敢。去哪儿都敢……”

“嗬。”

父亲低下头，陷入了沉思。

“千重子，我并非仅喜欢白色胡枝子这一种花，无论是哪种花，在不同的赏花时机与赏花地点，都会让我内心产生不同的感触。”

“是啊。”千重子回答，“父亲，既然都来这里了，这里离龙村也很近，我想顺便去那里看看……”

“哎呀，那是专做外国人生意的店铺……阿茂，你觉得呢？”

“如果千重子想去的话，就去看看吧。”阿茂轻松地说道。

“嗯，龙村那边可不卖腰带。”

这一片是下河原町的高级住宅区。

千重子一进店铺，就满腔热情地观赏起悬挂在右边的一排卷起的女装绸料。这些不是龙村的物件，而是“钟纺”公司生产的纺织品。

阿茂凑过来问：“千重子也打算穿洋装吗？”

“不是的，母亲。我是想看看外国人喜欢什么样的绸缎。”

母亲点了点头。她站在女儿身后，不时伸出手抚一抚绸缎。

正中央的房间和走廊里，挂着以正仓院织锦断片为主的古代织锦断片仿品。

这些是龙村的织品。太吉郎多次参观过龙村的织品展览，还浏览过原先古代织锦断片和相关的图鉴，那些织品早已刻入脑海，名字也尽数了然于胸，但是，他还是不由得细细欣赏起来。

“如此陈列，是为了让西方人知道日本也能做出这样的东西。”认识太吉郎的店员解释道。

太吉郎之前来此地拜访时便听闻了此中缘由，如今听罢便再次点了点头。即便这是唐朝时中国传来的仿品，他还是赞叹道：

“真了不起啊，古代……这是上千年前的东西吧。”

陈列于此的古代大织锦断片的仿品似乎并不外

售。——也有一些被织成了女式腰带，太吉郎很是喜爱，给阿茂和千重子买过好几条。不过，这家店铺是做西方人生意的，没有腰带。最大的商品也就是桌布罢了。

此外，展示盒中还陈列着布袋、钱夹、香烟夹、小方绸巾等小物件。

太吉郎买了两三条不太像龙村制造的龙村领带，还有一个“菊褶纹”钱夹。“菊褶纹”是指将本阿弥光悦在鹰峰上制作的“大菊褶纹”纸制工艺，复刻到织物上的产物，手法还算新颖。

“东北的一些地方，现在还在用结实的和纸做着类似的东西呢。”太吉郎说道。

“哦，哦。”店员回答，“我不太清楚它与光悦有什么联系……”

令太吉郎一行人吃惊的是，里面的展示盒上还陈列着索尼牌小型收音机！就算这些寄售品是为了“赚取外币”，也未免太……

他们三人被请进了里面的待客室，店员端来了茶水，跟他们说，曾有好几位外国来的贵宾坐过这些椅子。

玻璃窗外，有一片杉树丛，虽然面积不大，但却很珍稀。

“这是哪种杉树呢？”太吉郎问。

“我也不太清楚……好像是叫广叶杉吧。”

“是哪几个字呢？”

“有的花匠不识字，我不是很确定，但应该是‘广叶杉’这三个字。这种树好像只是本州以南才有。”

“树干是什么颜色？”

“那是青苔。”

小型收音机突然响了，众人扭头看去，原来是一个年轻男子正在向三四个西方妇女介绍商品。

“啊，是真一的哥哥！”千重子站起身。

真一的哥哥龙助也朝着千重子这边靠来，然后向坐在待客室的千重子的父母低头行了礼。

“你在招待那几位女士吗？”千重子问道。两人走近后，千重子就察觉到他与随和的真一不同，有一种咄咄逼人的气势，似乎很难交流。

“也不是招待吧，我就是那群人的随行翻译，我朋友的妹妹去世了，我来顶替他三四天。”

“啊？妹妹……”

“是啊，比真一小两岁，是个惹人喜爱的小姑娘……”

“……”

“真一的英语很差，还爱害羞。所以，只能我来了……虽然这里的店铺根本不需要翻译什么的……况且，她们只在这家店里买买小型收音机之类的玩意。她们是住在‘都酒店’的那些美国人的妻子。”

“是这样啊。”

“‘都酒店’离这里很近，所以她们顺便来看看。她们是要好好欣赏一番龙村的织品也罢，可她们居然看的是小型收音机！”龙助低声笑笑，接着说，“当然，看什么都可以啦……”

“我也是头一回见店里摆放着收音机呢。”

“无论是小型收音机还是绸缎，一美元还是一美元，没区别。”

“嗯。”

“方才一出院子，就看到池塘里游着许多五颜六色的鲤鱼。我还担心若是她们要仔细问我，我该怎么解释，但还好她们只是夸赞着‘好美啊好美啊’，简直帮了我大忙。我不太了解这些五颜六色的鲤鱼，也不知道各种颜色用英语怎么说，更不知道带斑纹的鲤鱼的颜色……”

“……”

“千重子小姐，我们出去看看鲤鱼吧？”

“那些太太呢？”

“交给这里的店员比较好，而且也快到时间了，她们该回酒店喝茶了。她们还要和自己的先生会合，前往奈良呢。”

“我去跟父母说一声。”

“嗯，我也去知会一下客人们。”龙助走到那些妇人那里，跟她们说了些什么。妇人们一齐看向了千重子。千重子的两颊染上了一抹红晕。

龙助很快便折返回来，邀请千重子到院子里去。

两人在池畔坐下，望着美丽的鲤鱼在池中闲游，一时间陷入了沉默。

忽然龙助说道：

“千重子小姐，您可以狠狠地训斥店里的掌柜——现在店都变成公司了，所以应该是叫专务或常务的那位，狠狠地训斥他一番吧！千重子小姐应该能做到吧？需要的话，我在一旁陪着你也行……”

千重子完全没预料到他会说这话，内心紧紧地揪了一下。

从龙村回来的当晚，千重子便做了个梦——颜色各异的鲤鱼们，成群地朝着蹲在池畔的千重子的脚下聚来。鲤鱼们相互挤在一起，有些还一跃而起，将头探出了水面。

梦里只有这些。而且还都是白天发生的事情。千重子将手探入池水中，轻轻地拨动水花，鲤鱼便如梦中那般聚集了过来。千重子有些诧异，顿时对鲤鱼群产生了一股不可名状的情感。

而在她身旁的龙助，似乎比千重子还要震惊，说道：

“千重子小姐，您的手究竟散发出了怎样的香气——或是说灵气呢？”

这话说得千重子十分害羞，站起来说：“这里的鲤鱼可能不怕人吧。”

然而，龙助却定睛凝视着千重子的侧颜。

“东山就在旁边吧？”千重子避开了龙助的目光。

“嗯，你不觉得山色与往日有些不一样吗？像秋日……”龙助回答。

在千重子的鲤鱼之梦中，龙助在不在身旁呢？醒来的千重子不得而知。她久久未能成眠。

到了第二天，千重子很是踌躇，难以按龙助建议的那般，狠狠地训斥店里的掌柜一番。

到了店铺快打烊时，千重子坐到了账房前。账房四周围着一圈低格门，古香古色。掌柜植村察觉到千重子举止异常，便问道：

“大小姐，有什么事吗？”

“让我看看我的和服布料吧。”

“小姐的？”植村像是松了一口气，问，“您是要穿咱们的和服布料吗？现在挑的话，是要做正月穿的衣服吗？是要做会客用的长袖和服吗？咦，小姐平日里不都是在冈崎家的染店或是襟万之类的店铺里买的吗？”

“我想看看自家的友禅染，不是正月要穿的。”

“嗯，有不少呢。现有的当中，您看看有没有中意的呢？”植村站起身，唤来两位店员，耳语两句后，三个人一同搬来了十几匹布料，熟练地在店铺中央摊开，排成一排让千重子看。

“这样的就很好。”千重子很快就决定了，“您能在五日或是一周内做好吗？下摆的里子也麻烦您一并缝好。”

植村被千重子的气势所压倒，说：“有点儿太急了，咱家是批发商，很少请人缝制衣服。但也不是不行。”

两名店员麻利地将布料卷好。

“这是尺寸。”千重子将纸条放在了植村的桌子上，但她没有离开。

“植村先生，我也想一点点学习了解我们家的生意，还请多多关照。”千重子的声音十分恳切，说完又微微低头行了一礼。

“嗯？”植村的表情僵住了。

千重子继续平静地说道：

“可以给我看一看账簿吗？明天也行。”

“账簿？”植村脸上露出一丝苦笑，“小姐，您是要查账吗？”

“不是什么查账，我还不至于这么狂妄。不过，如果不看账簿，我怎么会知道自家做了哪些生意呢？”

“是吗？大家虽然一口说着账簿，实际上账簿有很多，还有专门应付税务局的。”

“这么说来，我们家用的是‘阴阳账簿’吗？”

“您说的什么话，小姐。要是需要弄虚作假，还得拜托您来啊。我们是正大光明的。”

“明天拿给我看，植村先生。”千重子干脆地说罢，从植村面前走开了。

“小姐，打你出生前起，我植村便一直料理着这家店铺……”植村又说道，但千重子连头都没回一下，植村便用几乎听不到的声音嘟囔着，“什么啊。”然后轻轻咂了咂舌头，道，“真是腰疼。”

千重子刚走到正在准备晚饭的母亲身旁，母亲一副大为震惊的模样。

“千重子，你刚刚说的话太厉害了。”

“嗯，吓着您了吧？母亲。”

“年轻人啊，即便是温顺老实的人，也很吓人啊。母亲刚刚吓得几乎要发抖了。”

“千重子也是受旁人指点的。”

“哎？是哪位高人呢？”

“是真一的哥哥，在龙村他对我说，真一先生那边，父亲的生意做得风生水起，还雇了两位能干的掌柜，所以如果植村先生不干了，他们可以调给我们一位，或者他自己过来帮忙也行。”

“龙助先生吗？”

“嗯，他说反正要做生意，研究生什么的，随时都可以不去……”

“啊？”阿茂望了望千重子那闪耀着光芒般明艳动人的面庞。

“但植村先生倒是并没有不干了的想法啊……”

“他还说，如若此后那户种白色胡枝子花的人家附近有好房子的话，就会拜托他父亲买下来。”

“唔。”母亲甚至有些一时语塞，“因为你父亲多少有些厌世情绪啊。”

“他说父亲那样也挺好的……”

“这也是龙助先生说的？”

“嗯。”

“……”

“母亲，您刚刚也看到了，我能送一套和服给那位杉村的姑娘吗？千重子拜托您了……”

“好，好，再送一件和服外褂吧？”

千重子避开了母亲的目光，泪水已然噙满了她的眼眶。

所谓“高机”的得名是因为这种手织机的机位高。还有一种说法是，这种织机之所以安设在挖得很浅的地面上，是因为土壤的湿气对丝线好。原先，人们还会坐在高机上，但如今，却将沉重的石头装在篮中，吊在高机旁边。

有些纺织铺，会同时使用这种手织机和机械织机。

秀男家里只有三台手织机，兄弟三人各用一台，父亲宗助偶尔也会用用。所以在小作坊比比皆是的西阵，他们的家境还算说得过去。

随着千重子托他织的腰带即将完工，秀男的心也越发欢快起来。一部分原因在于他倾注心血的工作即将完成，但更重要的是，千重子笑容甚至会出现在梭子的穿行和织机的声响当中。

不是，那不是千重子，那是苗子。这不是千重子的腰带，而是苗子的。然而，秀男在纺织的过程中，只觉得千重子和苗子已然合二为一了。

父亲宗助站在秀男身旁，盯着腰带看了一阵子，说：“这腰带真漂亮啊，花样真新颖！”然后歪歪脑袋问，“这是给谁织的？”

“佐田先生的女儿，千重子小姐的。”

“图样呢？”

“千重子小姐构思出来的。”

“啊？千重子小姐……真的？嚯！”父亲惊讶得屏住了呼吸，又仔细瞅了瞅，然后用手指摸了摸织机上的腰带，说道，“秀男，织得真结实呀！这样就行了！”

“……”

“秀男，之前也跟你说过吧，佐田先生对我们有恩。”

“您说过了，父亲。”

“哦，说过了啊。”宗助虽然这么说着，但还是重复了一遍，“我啊，是从织工白手起家的，好不容易买了一台高机，其中一半钱还是借来的。当年，我每织好一条腰带就会拿到佐田先生那儿去，每次只送一条，实在是难为情，所以每次都要等到夜深人静时悄悄送去。”

“……”

“佐田先生从来没有嫌弃过，等到我攒到了三台织布机，才总算……”

“……”

“但是啊秀男，我们两家的身份不同……”

“我很清楚，但您为什么要跟我说这些呢？”

“秀男，你好像很喜欢佐田先生家的千重子小姐……”

“原来是因为这个。”秀男停下的手脚再次忙活起来，织起了腰带。腰带一织好，秀男便立刻赶往了苗子所在的杉村，给她送腰带。

那个午后，北山方向频频架起了好几次彩虹桥。

秀男抱着苗子的腰带刚走到马路上，彩虹即刻便映入了他的眼帘。虹桥虽然很宽，但是颜色却很浅，虹桥顶部的弓形还没有被完全勾勒出来。秀男停住脚步，抬头遥望，只见彩虹的颜色越来越淡，仿佛即将消逝不见。

但在汽车开入山谷前，秀男又看到了两次与之类似的彩虹。三条彩虹的顶部都没有成型，而且某些地方颜色还很淡薄。虽然彩虹很是常见，但秀男今日却有些担心：

“唔。出现彩虹到底是吉兆还是凶兆呢？”

天空中没有一丝阴霾。汽车一驶入山谷，相似的淡淡的彩虹又现身了，但由于清泷川岸边的高山遮挡，所以看不太真切。

他在北山杉村下车后，苗子还穿着劳作服，她用围裙擦了擦湿答答的手便立马赶了过来。

苗子方才正赤着手用菩提沙（倒不如说更像是赤褐色的黏土），认真地清洗着杉树圆木。

虽然才十月，但山涧的水却很冰凉。杉树圆木漂浮在一条人工修筑的水沟里，热水从水沟的一端流入，冒着腾腾的热气。

“辛苦您了，跑到这种深山老林里来。”苗子屈身行礼。

“苗子小姐，答应您的腰带总算织好了，我给你送来了。”

“这是替千重子小姐接受的腰带吧？我不想再当别人的替身了，今天只是见您一面就行了。”苗子说道。

“这条腰带不是我们约好的吗？而且图案还是千重子小姐构思的呢。”

苗子低下了头说：“秀男先生，实际上前天千重子小姐店里的人就已经送来了一套和服，连草鞋都有。但这些东西，我什么时候才有机会穿呢？”

“二十二日的时代祭如何呢？您那天不出门吗？”

“不，我是会出去的。”苗子毫不犹豫地回答，“我们现在站在这里太显眼了。”她稍加思索后又说，“您可以跟我到那处河滩去吗？”

这回，可不能跟上次与千重子两人一起似的，藏到深山里去了。

“秀男先生织的腰带，我会当作至宝，一生珍惜的。”

“哪里，我下次还会为您织的。”

苗子连话都说不出了。

苗子寄住的那户人家自然已经知晓千重子为她送来了和服，所以，将秀男领回家也未尝不可。然而，苗子已经大致了解了千重子如今的身份和她家店铺的情况，自幼时起便惦念姐妹的那份心已经被填得满满当当了，所以她不愿意因为这些微不足道的小事，让千重子烦心了。

话虽如此，抚养苗子的村濑家在此地持有不错的杉林产业，苗子也不辞辛劳地努力工作，所以即便被千重子家知道了，也不会给住家添麻烦。比起和服布料这种中等规模的批发商，或许持有杉林的村濑家的家境更为殷实。

但苗子却打算谨慎对待与千重子频繁往来和感情加深这件事。因为千重子的爱已然渗入了她的身体……

出于此般考虑，苗子才将秀男邀至了河边的小石滩。清泷川的小石滩上，凡是能种树的地方都种满了北山杉树。

“邀请您来这么失礼的地方，请您原谅。”苗子说。她还是个小姑娘，也想赶快看看腰带。

“好美的杉山林啊。”秀男抬头仰望着杉林，然后打开布包袱，解开包装纸上的纸捻。

“这个是太鼓结，这里本来打算放在前面……”

“哦。”苗子捋一捋腰带，“这样的腰带给我用太浪费了啊。”苗子眼中闪烁着光芒。

“年轻人织出来的腰带，有什么浪费的。图样是赤松和杉树，加上离正月不远了，所以我一心想着要把松树做成太鼓结，可千重子小姐却说应该是杉树。我来到这里后，才真正明白了。我一听杉树，就联想到一大片树林、老树，把它画得还算优雅，也算腰带的一大亮点了吧。考虑到色彩搭配，又稍添了些赤松树干作为陪衬……”

当然，绘制杉树树干时，并没有按照它原本的颜色去画。在形状和颜色上，都下了一番功夫。

“真是条不错的腰带啊，太感谢您了……只可惜像我这样的人，系不了这么华丽的腰带呀。”

“千重子小姐送您的和服，合身吗？”

“很合身。”

“千重子小姐从小就很熟悉京都风格的和服布料，所以这条腰带还没给她看过，不知道她会作何评价。我总觉得有点不好意思……”

“这不是千重子小姐构思的吗……我也该穿上让千重子小姐看看才是。”

“时代祭的时候，您穿着来吧。”秀男说着，将腰带叠好，收入包装纸中。

秀男将包装纸上的细绳系好后，对苗子说：

“请您愉快地收下吧！这腰带虽说是我答应给你

织的，但却是千重子小姐委托的。您就把我当作一个普通的纺织工吧。

“虽说这是我用心织就的……”

苗子将秀男递来的腰带包袱放在膝头，沉默了半晌。

“方才也说过，千重子小姐从小就很熟悉和服，所以她送苗子小姐的和服一定很配这条腰带……”

“……”

二人面前那条浅浅的清泷川，流水潺潺，其声渐闻于耳。秀男环顾两岸杉山，说：“杉山的树干就像工艺品那般排列得整整齐齐的，这倒也不算什么，但树干上方的枝叶竟也像一朵朵素雅的小花，太意外了。”

苗子的脸染上一抹愁容。父亲定是在除枝时，想到了自己那被遗弃的婴儿千重子，悲从心来，才会从一棵树的树梢荡到另一棵树的树梢时不幸摔落吧。那时，苗子同千重子一样，也还是个小婴儿，自然什么都不懂，长大之后，才从村里人口中得知。

因此，千重子——其实，包括千重子这个名字，她是死是活，是双胞胎中的姐姐还是妹妹，苗子都一概不知。她只是想着能见一面就好，哪怕是从旁边看一眼也行。

苗子那个如茅舍般简陋的家，如今仍在杉村荒废着。因为小姑娘独身一人，实在没法在那里生活。长年以来，一直居住着一对在杉山劳作的中年夫妇和他家上小学的女儿。当然，她没有向他们收取房租之类的财物，况且那也不像是能收租金的房子。

只是这位上小学的小姑娘出奇地喜欢花，家中还恰好栽有一棵极美的金桂树，所以她经常叫着"苗子姐姐"，跑来问她如何修剪那棵金桂。

"任它生长，不用管它就行。"苗子回答。然而，每每打那个小房子前走过，苗子总觉得自己隔着老远就比别人先闻到了金桂的清香。这对苗子而言，反倒是一种悲伤。

——苗子将秀男织的腰带放在膝头，顿时觉得膝盖变得越来越沉，许许多多的往事都压在上面……

"秀男先生，我已经知道千重子的下落了，往后我便尽量不同她来往了。和服和腰带，我会穿一次的……您能理解我的心意吧？"苗子真心诚意地说。

"嗯。"秀男回答，"时代祭，你会来吧？我想看看苗子小姐系上腰带的模样，但我不会邀请千重子一起去。祭典的列队从京都御所出发，我在西侧的蛤御门等你，可以吗？”

苗子的脸颊染上了一抹淡淡的红晕，随后深深地点了点头。

对岸的河畔上有一棵小树，叶片呈红色，倒映在水中，树影随波荡漾。秀男抬起脸问：

“那个红叶鲜艳的，是什么树啊？”

“是漆树。”苗子抬眼回答着，用颤抖的手拢了拢头发。但不知何故，黑色长发一下散开，垂落到了后背。

“哎呀。”苗子的脸腾一下变红了，她赶紧将头发拢到一起，卷了上去，然后用嘴撑开小发卡别到了头上。可发卡散落一地，不够用了。

她的姿态，乃至她的一举一动，秀男都觉得美极了。

“你留着长发吗？”秀男问道。

“嗯，千重子小姐也没有剪短吧。但她的头发梳得太好了，好到男生都看不出来……”苗子慌慌张张地将手帕覆在头上，道歉道，“不好意思了……”

“……”

“在这里，我只给杉树‘化妆’，我自己是不会化妆什么的。”

即便如此，她好像还是擦了一层淡淡的口红。秀男真想让苗子再次把手帕摘下来，让他再看一眼那垂至后背的长长的黑发，但他却没法开口。看着苗子慌张地覆到头上的手帕，秀男便意识到了这一点。

狭窄山谷的西侧，那片裸露的地表微微暗了下去。

“苗子小姐，我们该回去了吧。”秀男站起了身。

“今天也快歇工了……白昼变短了。”

山谷东边的山巅上，耸立着一排笔直的杉树，透过杉树树干间的缝隙，秀男窥到了金色的晚霞。

“秀男先生，谢谢你。真的太感谢你了。”苗子愉快地接受了腰带，也站起身来。

“要谢的话，就去谢千重子小姐吧！”秀男虽然嘴上这么说着，但为这位杉山姑娘织腰带的那份喜悦却温暖地膨胀变大，席卷了他的内心。

“恕我唠叨，时代祭，您一定要来啊。我在御所西侧的蛤御门等您！”

“好。”苗子深深地点点头，“穿上之前从未穿过的和服和腰带，肯定会很难为情……”

在节日祭典甚多的京都，十月二十二日的时代祭，与上贺茂神社、下贺茂神社举办的葵祭，祇园祭一同被誉为京都三大祭。时代祭虽属平安神宫的祭典，但游行队伍却是从京都御所出发的。

苗子一大早就心神不定，比约好的时间还要早半小时，就到了御所西侧的蛤御门的阴凉处等候秀男。这是她第一次等候男生。

幸好碧空如洗，万里无云。

平安神宫是为了纪念迁都京都一千一百年，于明治二十八年修建的，因此可谓是三大祭典中最新的一个。但由于这是庆祝迁都京都的祭典，因此千年来京都风俗的变迁都会展现在游行队伍之中。而且为了展示不同时代的服饰，队列中还安排人扮演各个时代耳熟能详的人物。

例如，和宫[1]、莲月尼[2]、吉野太夫[3]、出云阿国[4]、淀君茶茶[5]、常磐御前[6]、横笛[7]、巴御前[8]、静御前[9]、小野小町[10]、紫式部、清少纳言。

---

1 仁孝天皇第八皇女。
2 江户诗人。
3 花魁。
4 日本歌舞伎的创始人。
5 丰成秀吉的侧室。
6 日本传奇英雄，平安时代末期的名将源义经的母亲。
7 《平家物语》的女主角。
8 女将，木曾义仲的妾室。
9 源义经的爱妾。
10 平安初期的女诗人。

还有大原女[1]、桂女[2]。

此外，艺伎、女演员也混杂其中，以上先列举了女性，当然还有楠正成、织田信长、丰臣秀吉等诸多王公大臣和武将。

游行队伍宛若京都的风俗绘卷，排得很长。

据说自昭和二十五年起，队伍中才加入了女性，这让祭典变得更加鲜艳，更为华丽。

游行队伍最前列的是明治维新时期的勤王队、丹波北桑田的山国队，末尾是延历时期文官参朝的队列。队伍回到平安神宫后，便会在凤辇前念诵祈祷文。

游行队伍自御所出发，于御所前的广场处观赏为佳。秀男邀请苗子在御所碰面，也是出于这个原因。

苗子在御所门口的阴凉处等着秀男，人群进出往来，十分嘈杂，所以也没人留意到她。不料有一位像是商店老板娘的中年女子径直靠了过来，向她搭话道："小姑娘，你的腰带真漂亮啊，在哪里买的？和你的和服也很配……让我瞧瞧。"女人伸出手像是要摸一摸似的，"你能让我看看背后的太鼓结吗？"

苗子转向身后。

---

1 从京都北郊的大原、八濑地区来的，将炭和柴火置于头顶叫卖的女商贩。

2 京都桂一带专卖鲇鱼和朝鲜糖糕女商贩。

那女人“哇”地赞叹出声。任凭女人欣赏过后，苗子的心反而静了下来。苗子此前从未穿过这样的和服，也从未系过这样的腰带。

“久等啦！”秀男来了。

离祭典队伍出发地——御所最近的座位都被佛教团体和观光协会占了，秀男和苗子只得站在他们身后的参观席的后方。

苗子头一回在这么好的席位观礼，只顾盯着游行队伍看，险些把秀男和新衣裳都忘个一干二净。

然而，她很快察觉到了，便问道：

“秀男先生，您在看什么呢？”

“松树的翠绿！我当然也在看游行队伍啦，但是，有松树的翠绿做背景，游行队伍显得格外好看呢。御所广阔的庭院里不全是黑松嘛？我非常喜欢它们！”

“……”

“我也在悄悄地看着苗子小姐，您大概没注意到吧。”

“讨厌！”苗子说着，低下了头。

| 深秋姐妹 |

在节日祭典甚多的京都，比起大文字祭，千重子更喜欢鞍马的火祭。苗子离那里不太远，所以也曾去看过。然而，即便曾在火祭上擦肩而过，二人或许都没有注意到对方。

自鞍马道起，参拜道路上家家户户都插上树枝，在屋顶洒上水，人们从半夜里就举着大大小小各式各样的火把，高呼着“嘿呀，嘿呦”，登上神社。火焰熊熊燃烧。随后，两台神辇被抬出来后，全村（现为町）的女人们便一齐出动，拉神辇上的绳子。最后，敬献上巨大的火把。祭典一直会持续到黎明时分。

然而，这样著名的火祭今年却停办了，据说是为了节约经费之类的。伐竹节虽照常举行，但火祭却不开办了。

北野天神的“瑞馈祭”今年也取消了，据说是因为芋头歉收，无法制作出芋头茎神辇的缘故。

在京都，有不少诸如鹿谷安乐寺的供奉南瓜，或莲华寺的封印黄瓜之类的仪式。这些仪式都展现出了古都，以及京都人的一个生活侧面吧。

近年来，又恢复了岚山大堰川河上泛龙舟的妙音鸟迦陵频伽[1]，上贺茂神社庭院内小溪举办的曲水宴之类的仪式。这些全都是王朝贵族的风雅游戏。

所谓曲水宴，是指身着古装的人坐在岸边，趁着酒杯还未随水流至身前时，或吟诗作画，或写些什么。待酒杯流至身前，便取起酒杯一饮而尽，然后再让酒杯流到下一个地方。书童则负责在旁服侍。

曲水宴是去年开始举办的，千重子也去看了。王公大臣领头的是歌人吉井勇。（这位吉井勇已经与世长辞了。）

许是因为仪式恢复得有些时髦，有些不大适应。千重子今年没去看岚山的妙音鸟迦陵频伽，她总觉得这仪式还是无甚古雅的风趣。京都城中，古香古色的各种盛会多到根本看不过来。

千重子的母亲阿茂勤劳能干，被她抚养长大，或

1　迦陵频伽为佛教中的神鸟，相传它的声音美妙动人，婉转如歌，故而又称“妙音鸟”。这里指以此鸟命名的活动。

是受她熏陶，又或是生性如此，千重子早早起床就仔细地擦抹着家中的格子门。

“千重子小姐，时代祭上你们二人玩得好开心呀。”早饭过后，千重子刚收拾利落，真一便打来了电话。看样子，真一又把千重子和苗子认错了。

“你也去了吗？当时跟我打个招呼多好……”千重子耸了耸肩膀。

“我想打招呼来着，但哥哥不让。”真一毫不在乎地说道。

要不要告诉真一他弄错了呢？千重子陷入了迟疑。然而，从真一的电话中，千重子能想象到苗子可能是穿着她送的和服，系着秀男织的腰带，去参观时代祭了。

而苗子的男伴，肯定是秀男没错了。千重子虽然一时间感到有些意外，但心中又很快涌上一股暖流，脸上也浮现出一丝微笑。

“千重子小姐！千重子小姐！”真一在电话里呼唤着她，“你怎么不说话呢？”

“打来电话的，不是真一先生您吗？”

“是啊，是啊。”真一笑出声说，“现在掌柜在吗？”

“不，还没来……”

“千重子小姐，您没有感冒吧？”

“我的声音听起来像感冒了吗？我在店门口擦拭格子门呢。”

“这样啊。”真一像是摇了摇电话话筒，这回轮到千重子明朗地笑了。

真一压低嗓音说：“这个电话是哥哥要打的，现在换哥哥接电话……”

千重子面对真一的哥哥龙助，就不能像对真一说话那样轻松随意了。

“千重子小姐，您狠狠训斥掌柜了吗？”龙助突然问道。

“嗯。”

“那你真是了不起啊！”龙助用他强有力的声音重复了一遍，“真是了不起啊！”

“我母亲也在暗处听到了些，为我捏了一把汗。”

“肯定是啊。”

“我就跟他说，我想从旁看着，学学自家的生意，所以让他把所有的账簿都拿给我看看。”

“唔，这样就行了！就算是说一嘴也比不说强！”

“然后，还让他把保险柜中的存钱账簿、股票、债券之类的也都拿出来了。”

“那真是太厉害了，千重子小姐，您真厉害啊。”龙助忍不住说，“千重子小姐明明是一个温柔的大小姐，却能……”

“这是龙助先生您给我出的主意……”

“这不是我的主意，因为附近的批发商有些奇怪的传闻。我已经下定了决心，如果千重子小姐不方便说，就由我父亲或是我亲自去跟他说。不过，小姐您亲自说是最好不过的。掌柜的态度肯定变了吧？”

“嗯，多少有点。”

“指定是这样啊。”龙助在电话里陷入了长久的沉默，然后接着说，“太好了。”

千重子能感受到，龙助在电话对面又在犹豫着些什么。

“千重子小姐，今天中午我想登门拜访您家的店铺，您方便吗？”他问道，“真一也一起……”

“方便，我这里不会有您说的那样夸张的事情。”千重子回道。

“因为您是年轻的小姐啊。”

“别这么说。”

“怎么样？”龙助笑着说，“我想在掌柜还在店里的时候去看看，我也要仔细观察一下。千重子小姐，您不必担心，我会观察掌柜的脸色行事的。”

“嗯？”千重子接不上话了。

龙助家是室町一带的大批发商，伙伴之中也有各种各样的势力。龙助虽然在研究生院念书，但家中店铺的重担自然是落在了他的身上。

“也快到了品尝甲鱼佳肴的时节了。我在北野大市订好了席位，还要请您赏脸呀。如果我连您的父母也一并邀请，未免太冒失了。所以只想请千重子小姐……我会带着我们家‘童男’一起去的。”

千重子被他的气势所压倒，只回答了一声“哦”。

真一扮作“童男”，乘坐祇园祭的长刀鉾车游行已经是十几年前的事情了，但兄长龙助却至今还时不时地揶揄真一，唤他“童男”。或许是因为真一现在还保留着那份“童男”般的可爱和温柔……

千重子对母亲说：“刚刚打来电话，龙助先生和真一先生要在中午来咱们家。”

“嗯？”母亲阿茂脸上表露出一丝意外。

下午，千重子上后面二楼化妆，她虽然只想画个淡妆，但化得却很细致。她精心地梳理着长发，但怎么都梳不成自己喜欢的发型。要穿的衣裳同样如此，挑来挑去，不知到底挑哪件好，反倒决定不下来。

等她好不容易下了楼，父亲已经出门去了，不在家。

千重子在内客厅把炭火整理好，环顾一下四周，又望了望狭小的庭院。大枫树上的苔藓仍旧青翠欲滴，而宿在树干上的两株紫罗兰的叶片却已然微微泛黄。

吉利支丹石灯笼的脚下，一株小小的山茶花绽开了红色的花朵，红得娇艳，甚至比红玫瑰更能触动千重子的内心。

龙助与真一来了。他们礼貌地跟千重子的母亲问了好，随后龙助独自一人走到账房掌柜面前，端正地坐了下来。

掌柜植村慌忙走出账房，再次跟龙助打了招呼，二人寒暄了很长一段时间。龙助虽有应答，但却一直紧紧绷着脸，而植村自然感受到了他的冷淡。

植村一边寻思这个学生小子到底要干什么，一边却又被龙助的气势镇住，不知如何是好。

龙助等着植村说完，平静地对他说：

“贵店生意兴隆，相当不错啊。”

“哦，谢谢您，托您的福了。”

“家父也曾跟我提及，佐田先生多亏有植村先生您呢，您这多年的经验，真是太了不起了……”

“哪里，哪里，小店与水木先生家那样的大字号相比，不足挂齿。”

“没有没有，我们家这样的店铺，各个领域都要伸一手，又是京都和服绸缎批发店，又是什么其他的，就是一个杂货铺。我也并不大感兴趣。要是像植村先生这样踏实可靠的人所经营的店铺变少了，可就……”

植村正要回话，龙助站了起来。看着龙助走向千重子和真一所在的内客厅的背影，植村表情苦涩。掌柜明白，说要看看账簿的千重子和方才的龙助，暗地里肯定有某种联系。

千重子抬头望着走进内客厅的龙助的脸，仿佛要问他些什么。

“千重子小姐，我刚刚稍微跟掌柜叮嘱了几句。毕竟是我建议您这么做的，我有这个责任呀。”

“……”

千重子低下头，为龙助沏了杯淡抹茶。

“哥哥，你瞧那棵枫树树干上的紫罗兰！”真一用手指着说，“有两株呢！千重子小姐打好几年前起，就把那两株紫罗兰看作一对可爱的恋人……虽近在咫尺，却永远无法在一起……”

“嗬。”

“女孩子嘛，总喜欢考虑一些可爱的事情。”

“别说啦，太难为情了，真一！”千重子将沏好的抹茶端到龙助身前，她端茶的手微微颤抖着。

三人乘着龙助店里的车，前往北野六番町的大市甲鱼铺。大市是一家格局古雅的老铺，广为游客熟知。房间陈旧，天花板也很低矮。

店里售卖的主要是炖甲鱼，就是所谓的甲鱼火锅，还有甲鱼杂烩粥。千重子全身都暖和了起来，她似乎有些醉了。

千重子的颈部甚至都被染上了淡桃色。这样白皙细腻，滑润而富有光泽的细嫩美颈，染上那抹桃色，实属绝美。她的眸中流露出娇媚的神态，时不时还会抚摩自己的脸颊。

千重子一滴酒都没喝，但甲鱼火锅里的汤几乎一半多都是酒。

虽说店门口有汽车候着，但千重子还是担心自己会脚步不稳。但她喜不自禁，话也变多了起来。

“真一先生。”千重子对较为好说话真一说，“你在时代祭的御所庭院中看到的那一对，不是我，你认错人了。你是从远处瞧见的吧？”

“不用隐瞒啦。”真一笑道。

“我没有隐瞒你。”

千重子有些迟疑，但还是说道：“其实，那位姑娘是我的姐妹。”

“啊？”真一似乎有些摸不着头脑。

千重子曾在花季时节的清水寺，跟真一说过自己是个弃儿。真一想必也将此事告诉哥哥龙助了。或许也可以这么想：即便真一没有跟兄长讲过，两家店铺离得近，消息总归会多少传到他耳边吧。

“真一先生，你在御所庭院里看到的是……”千重子犹豫了半晌，说，“我是双胞胎，那位是我的孪生姐妹。”

真一还是第一次听说。

“……”

一时间，三人都陷入了沉默。

“我是被遗弃的那一个。”

“……”

“如果这是真的，要是弃在我们家店铺门口就好了。真的，要是弃在我们门前就好了。”龙助真诚地反复说了两遍。

“哥哥！”真一笑了，“那可不是现在的千重子小姐啊，那是刚出生的小婴儿。”

“小婴儿不也挺好吗？”龙助回他。

“哥哥，你是见了现在的千重子小姐，才会这么说的吧？”

“不是的。”

“被佐田先生视为掌上明珠，呵护着、宠爱着抚养长大，这才有了如今的千重子小姐呀。”真一说道，“那时候，哥哥也还是一个小孩子，小孩子怎么能去抚养一个小婴儿呢？”

“能抚养的！”龙助强势地回答。

“唔。哥哥还是这么自信过头，不愿服输呀！”

“或许是的，但我确实很想抚养还是小婴儿的千重子小姐。母亲也肯定会帮忙的吧。”

千重子酒意消散，额头也逐渐恢复了白皙。

金秋时节，北野舞会将会持续半个月。就在其结束的前一天，太吉郎孤身一人出门了。虽然茶馆送来的入场券肯定不止一张，但太吉郎却不想邀请任何人与他同去。就连欣赏舞蹈后，回家途中与同伴们去茶馆寻乐，他都觉得麻烦极了。

舞蹈开始前，太吉郎一脸愁容地坐上茶席。今日当值的那个端坐点茶的艺伎，太吉郎也不甚熟稔。

在她身旁，还并排站着七八个少女。或许是帮忙送茶的吧。她们身着全套的浅粉色振袖和服。

只有最中间的一个少女，穿着蓝色振袖和服。

“哎呀！”太吉郎几乎要惊叹出声了。虽然画着精美的妆容，但她不正是那天被这烟花巷的老板娘带去坐叮当电车，同太吉郎一道乘车的那个少女吗？——仅她一人身穿蓝色和服，可能今日正好当值某项工作吧。

蓝衣少女将淡抹茶端至太吉郎身前。当然，她一副若无其事的模样，没有露出一丝微笑，完全按照礼法行事，但太吉郎的心却轻快了起来。

这是一出八场的舞蹈剧，名唤《虞美人草图绘》，同时又是一出中国有名的项羽与虞姬的悲剧。然而，当剧中虞姬将剑插入胸口，在项羽怀中，听着思乡的楚歌逝去，项羽也随之战死后，场景便转回了日本，转到熊谷直实与平敦盛、玉织姬的故事上了。熊谷在讨伐敦盛过后，深感人生之无常，便皈依了佛门，之后前往古战场为亡灵祈冥福时，发觉彼时的敦盛坟前，虞美人花正在争相绽放，笛声入耳。随后敦盛亡灵现身，拜托他将青叶笛藏入黑谷寺，而玉织姬的亡灵，则希望他能将坟前一簇簇火红的虞美人花供奉在佛前。

这场舞蹈剧结束后，还有一出热闹的新舞蹈《北野风流》。

上七轩的舞蹈流派与祇园的井上流舞蹈不同，属于花柳流。

太吉郎从北野会馆出来后，顺道去那家古朴的茶馆坐了坐。他呆呆地坐在那里，茶馆的老板娘便问他："给你叫个姑娘吧？"

"唔，叫那个咬人舌头的艺伎来吧。——还有，那个穿蓝色和服给人送茶的姑娘呢？"

"在叮当电车上的……好，叫她打个招呼还是可以的。"

艺伎来之前，太吉郎一直喝个不停，所以艺伎一来，他便专门站起身走了出去。艺伎跟着他，他便问："现在还咬人吗？"

"您还记着呢？没关系的，你伸出舌头试试看。"

"我害怕。"

"真的没关系。"

太吉郎闻言便把舌头伸了出来。随后，被她吸入温暖而柔软的口腔中。太吉郎轻轻地拍拍女子的后背，说：

"你堕落了呀。"

“这算堕落吗？”

太吉郎很想漱漱口，但艺伎就站在身旁，他不好这样做。

艺伎能搞出这样的恶作剧，是下了很大的决心的。对艺伎来说，或许这只是一瞬间的事情，没有任何意义。太吉郎也并不讨厌这个年轻的艺伎，也没觉得她很肮脏。

艺伎拦住想回到客厅的太吉郎，说：

“请您稍等！”

然后，掏出手帕，拭了拭太吉郎的嘴唇，手帕上沾上了口红。艺伎把脸凑到太吉郎面前，细细看着，说：

“好了，这样就行啦！”

“劳烦你了……”太吉郎轻轻地将手搭在艺伎的双肩上。艺伎为了补好唇妆，留在了盥洗室镜前。

太吉郎回到客厅时，那里已空无一人。他像是漱口一般，一连喝了两三杯微凉的酒。

即便如此，艺伎的香气，或是她的香水味似乎还是窜到了他身上的某处。太吉郎隐约感觉自己变年轻了。

他想，就算这是艺伎不经意间的恶作剧，自己的反应也未免太冷漠了。或许这是因为好久没有跟年轻女郎嬉戏打闹的缘故吧。

这个二十岁左右的艺伎，或许是一个极为有趣的女人。老板娘带着那个少女走了进来，少女仍旧穿着那身蓝色振袖和服。

“既是您的要求，我便跟她说只需要打个招呼就好，这才将她请了来。如您所见，她年纪还小呀。”老板娘说着。

太吉郎看着少女，问：“刚刚，送来茶的……”

“是我。”她是茶馆的姑娘，所以没有露出一丝羞怯的神情，“我认出您是那位叔叔，便把茶给您端去了。”

“啊，那真是谢谢你啦。你还记得我呀？”

“记得。”

艺伎也回来了。老板娘对艺伎说：

“佐田先生很中意这位小知衣呢。”

“嗯？”艺伎瞧着太吉郎的脸，说，“您眼光真好，但您还得等三年呢。再说，小知衣明年春天就要去先斗町啦。”

“先斗町？为什么去那里？”

“因为她想当舞女，她说她很憧憬舞女的姿容。”

“嗯？想当舞女，去祇园不是很好吗？”

“因为小知衣的伯母住在先斗町。”

太吉郎望着少女，心想：“这个姑娘，不管去哪里，都会成为一流的舞女吧。”

西阵纺织工会果断地采取了前所未有的举措，决定在十一月十二日至十九日的八天内，叫停所有的织机。十二日和十九日是星期日，所以实际上是停工六天。

停工的原因有很多，但笼统地说还是由于经济问题。也就是说，生产过剩导致库存已经高达三十万匹。这次停工，目的就在于处理问题，争取改善交易。很大一部分原因，也在于最近资金周转困难。

另外，也有去年秋天到今年春天，收购西阵纺织品的公司相继倒闭的原因在内。

据说，八天停机，减产了约八九万匹布料。然而，停工还颇有成效，算是成功地达成了目标。

尽管如此，在西阵的纺织商一条街，特别是在小巷里，仅需一眼便能了然，这些零散的家庭手工业为主的纺织商，是紧跟此次停工举措的。

瓦顶古朴，屋檐深深的小房，密密麻麻挤作一排。即便有二层小楼，也很低矮。小巷子如同露天场地一般，更为嘈杂混乱，甚至连昏暗处都隐约传来了织机声。这些织机不全是自家的，应该还有租赁来的。

然而，据说提交“不停机”申请的，只有三十多家。

秀男家织的不是和服布料，而是腰带。家中设三台高机，白昼自然也亮着灯，织机放在亮处，背后还有空地。但却不禁让人联想到：他家中那些简陋的厨具放在哪里？他家人在哪里休息，在哪里睡觉呢？

秀男做事很有主见，既能干，对工作也热心。但他长年累月地坐在高机的窄板上，持续不停地织，恐怕屁股上有一片长长的瘀青了吧。

他邀苗子前去观赏时代祭时，比起身着各式时代装束的游行队伍，对队伍的背景——御所松树的翠绿更感兴趣，或许正是因为从日常生活中解放出来的缘故。虽说是个狭窄的山谷，但终归是在山中劳作的苗子，自然是注意不到的……

不过，自从苗子系着他织的腰带参加了时代祭后，秀男工作得更起劲儿了。

千重子自从和龙助、真一兄弟俩去了趟大市，虽不至于陷入极度的痛苦，但时不时地像丢了魂似的，等她也意识到这一点后，发觉这或许是出于心中愁绪郁结的缘故。

京都十二月十三日的入年活动也告一段落，这里已然进入冬日，天气也变得变幻莫测起来。天空晴朗、阳光明媚，却下起了阵雨，时而还夹杂着雨雪。天气骤晴骤阴。

自十二月十三日的入年活动起，按照京都的风俗习惯，要开始筹备过年，还要开始互赠年终礼物。

最遵守此般风俗习惯的，还得数祇园等地的烟花巷了。

艺伎、舞女等都要去平日承蒙关照的茶馆、歌舞乐曲师家、艺伎前辈那里分送镜饼。

之后，舞女们便会挨家挨户地送上祝福，道一声："恭喜！"其中，饱含着这一年承蒙关照，一切顺利，明年也请多多关照之意。这一天，打扮得花枝招展的艺伎和舞女来来往往，比平日还要多。稍有提前的年末活动，将祇园周围点缀得绚丽多彩。

千重子家的店铺等地却没有这么热闹。

千重子用过早饭后，独自上了后面二楼，打算简单地画个晨妆，但手上的动作却变得漫不经心起来。

龙助在北野甲鱼铺说的那番激烈的话语，仍在千重子心中来回翻腾。他所说的婴儿时期的千重子要是被丢弃在龙助家门口就好了之类的话，难道不是很强硬吗？

龙助的弟弟真一是千重子的青梅竹马，高中为止他一直都是千重子的同学，他性情温柔。尽管千重子知道他喜欢自己，他却从未像龙助那般说出这种令人窒息的话语。他们之间相处得自然而融洽。

千重子细细地梳理了长发，将它们披散在肩头，然后下楼来了。

即将吃完早饭时，北山杉村的苗子打来了电话。

“是小姐吗？”苗子确认了一遍，然后说道，“我想见千重子小姐一面，有件事想告知您。”

“苗子小姐，好久不见……明天如何呢？”千重子回复道。

“我什么时候都可以。”

“到我店里来吧。”

“还是不去您店里了，请您谅解。”

“我已经把苗子小姐的事情告知家母了，家父也知道了。”

“店员之类的也在吧？”

“……”

千重子思考片刻后，说：“既然如此，我便去苗子小姐的村庄吧。”

“这里很冷，虽然我很高兴你能来……”

“我还想看看杉林。”

“是吗，这里不但很冷，还可能会下阵雨，你要做好准备再来。虽然火是可以随便烧的。我就在路旁劳作，你一来我就能看到。”苗子明朗地回道。

| 冬之花 |

千重子穿上长裤，套上了厚毛衣，她从未做过如此打扮。厚厚的袜子也很是时髦。

父亲太吉郎在家，千重子便坐到他面前，向他请安。太吉郎看着千重子少有的装扮，不禁睁大了眼睛，问：

“要去山里遛遛吗？”

“嗯……北山杉那位姑娘，说她想见见我，好像有话要跟我说……”

“这样啊。”太吉郎回复得很利落，接着又道，“千重子。”

“嗯。”

“如果那孩子有什么苦恼或是困难，就把她带来咱家吧，我收养她。”

千重子低下了头。

“真好啊，那样就有两个女儿了，我和你母亲身边就热闹了。”

“父亲，谢谢您。父亲，太谢谢您了。”千重子弯下腰向父亲道谢，温热的泪珠掉落浸湿了大腿。

“千重子，你是我从乳儿时抚养长大的，被我们视为掌上明珠。对那位姑娘，我也会尽量做到一视同仁。她很像你，肯定是个好女儿，将她带来吧。二十多年前，我还不喜欢双胞胎，但现在已经无所谓了。”父亲说罢，唤着妻子，“阿茂，阿茂！”

“父亲，千重子发自内心地感谢您，但那个孩子，苗子，她是决不会来咱家的。”千重子说。

“这是为什么呢？”

“她应该是不想妨碍我的幸福，哪怕是一星半点。”

“为什么会妨碍你呢？”

“……”

“为什么她会阻碍你的幸福呢？”父亲又问了一遍，然后歪了歪头。

“就说今天吧，我都跟她说了，父亲和母亲都知道了，让她来店里。”千重子的声音有些呜咽，继续说道，“但她却顾虑店员和街坊邻居……”

“店员算什么！”太吉郎不禁提高了嗓门。

“父亲，您说的话我都懂，总之，今天由我去找她吧。”

“嗯。”父亲点了点头，叮嘱道，“路上小心……还有，你可以把父亲刚刚说的那番话，传达给那位苗子姑娘。”

“嗯。”

千重子穿上雨衣，戴上头巾，穿上了雨鞋。

清晨，中京上方的天空分外晴朗，可不知何时会阴沉下来，说不准北山正下着阵雨。城中便能看到这般天色。如果没有京都那片秀美的小山群，或许还能眺望到雨要下不下的那番模样呢。

千重子乘上了国营公交车。

北山杉所在的中川北山町，通着国营和市营两种公交车。市营公交车开到京都市（现已扩大）北郊的山麓就会折返，而国营公交车则最远会开到福井县的小滨市。

小滨市位于日本小滨湾沿岸，从若狭湾向前伸入日本海。

或许因为入了冬，公车上的乘客不多。

带着一名同伴的年轻男人目光炯炯地盯着千重子，千重子有些害怕，便戴上了头巾。

“小姐，拜托，你不要用那种东西遮住自己嘛。”那个男人的嗓音十分沙哑，与他年轻的模样很不相称。

“喂，住嘴！”他身旁的男人训斥道。

请求千重子的那个男人，手上戴着手铐，可能是某个罪犯吧。而他旁边的那个男人，或许是名刑警，他大概是要翻越深山，将罪犯护送到某处吧。

千重子自然不会摘下头巾让他们看见自己的脸。公车驶至高雄。

“到高雄的哪里啦？”有乘客问道。其实也不至于认不出来。枫叶全都凋零了，在树梢的小枝桠处，藏着冬天的踪迹。

栂尾山下的停车场里，一辆车都没有。

苗子穿着劳作服，在菩提瀑布的停车场等候着，迎接千重子的到来。

千重子的这一身装饰，一瞬间令苗子有些难以分辨，她说道：

“小姐，您来啦！劳烦您到这深山里来了，非常欢迎！”

“也不算深山嘛！”千重子戴着手套就去握苗子

的双手，说，“我很高兴，自打夏天以后我们就再没见过面了。夏天在杉山上，真是太谢谢你了。”

“那不算什么。”苗子说，“不过，要是那时雷电刚好落到我们身上，会变成什么样子呢？不过即便是那样，我也会很高兴……”

“苗子小姐。”千重子边走边说，“你给我打电话，一定是有什么急事吧？你快说吧，不然也没法安下心聊天，不是吗？”

苗子身穿劳作服，头上还包着手帕。

“到底怎么啦？”千重子又问道。

“其实，是秀男说想和我结婚，所以我才……”苗子许是脚下一绊，一下抓住了千重子。

千重子抱住了摇摇晃晃的苗子。

苗子每天劳作，身体很结实。——在那个电闪雷鸣的夏日，千重子太过惊慌害怕了，所以未能发觉。

苗子很快站稳脚跟，可她好像很喜欢被千重子抱着，只字不提自己已经没事了，甚至依偎着千重子向前走。

怀抱着苗子的千重子，也不知不觉间将身子更多地倚向了苗子。然而，两个姑娘谁都没意识到这一点。

千重子仍戴着头巾，说：

“苗子小姐，那你是怎么回复秀男的呢？”

“回复？即便是我，也不能当下立即就回复他呀。”

“……”

“起初是把我跟千重子小姐认错了——现在虽然已经搞清楚了，但千重子小姐已经住进秀男先生的内心最深处了吧。”

“没有这回事。”

“不是的，苗子很清楚，即便不是认错了人，那我也只是代替千重子同他结婚罢了。秀男先生一定是把我当作千重子小姐的幻影吧。这是其一……”苗子说道。

——千重子回想起在郁金香盛开的那个春日，从植物园归家的途中，在加茂堤岸上，父亲曾询问母亲想不想让秀男入赘为婿的事。

“秀男先生家里是织腰带的纺织店。”苗子强调道，“如果因为这些事，让我和千重子小姐家的店铺扯上关系，给千重子小姐带来麻烦，或是让您承受旁人奇怪的目光，那我就算是一死，都难以谢罪啊。我真想躲进更远更远的深山里……”

“你想的是这些事吗？”千重子晃了晃苗子的肩

膀，“就说今天，我也是跟父亲仔细说过了要上苗子这儿来，这才来的。母亲自然也很清楚。”

“……”

“你猜我父亲是怎么说的？”千重子更使劲儿地摇了摇苗子的肩膀。

“他说：‘如果苗子那孩子有什么苦恼或是困难，就把她带来咱家吧……虽然户籍上写着千重子是我的嫡女，但我会尽量对那孩子一视同仁。千重子一个人也很寂寞吧。’”

“……”

苗子取下覆在头上的手帕，道着“谢谢”，随后捂住了脸。“发自内心地感谢您。”苗子一时间说不出话来，“但我是一个无牵无挂、无依无靠的人，所以我虽然很寂寞，但我将它们全部都抛之脑后，认真地劳作着。”

千重子为了安抚她的情绪，说道：

“关键是秀男，你……”

“这件事，我没法立刻回答。”苗子的声音呜咽着，望了望千重子。

“这个借我一下。”千重子拿过苗子的手帕，说着，“你要以这副快要哭了的模样去村里吗……”替她擦了擦眼周和脸。

“没事的，我这个人个性倔强，干活也干得比别人多一倍，但却是个爱哭包。”千重子给苗子擦拭脸颊时，苗子便将脸埋进了千重子胸前，抽抽搭搭地哭了起来。

“真苦恼呀，苗子小姐，多寂寞呀，别哭啦。”千重子轻轻地拍打着苗子的后背，说，“你还这么哭的话，我就回家了哦。”

“别别别，别回去。”苗子吓了一跳。随后从千重子手中拿过自己的手帕，狠狠地擦了把脸。

多亏现下是冬季，看不出来，然而，白眼球那里却有些微微发红。苗子将手帕深深地覆在头上。

两人默默地走了一段。

修整北山杉树枝时，其实一直会修整到树梢那里，但在千重子看来，残留在树梢上的那些圆溜溜的叶片，像极了一朵朵素雅的绿色冬花。

千重子觉得时机成熟了，便对苗子说：

“那腰带是秀男先生自己绘制的，图案很好看，织功也很扎实，人很认真呢。”

“嗯，这些我很清楚。”苗子回答，“秀男先生邀请我去时代祭时，比起身着各时代服饰的游行队伍，他好像更喜欢队伍的背景，就是御所松树的翠绿和东山那变幻莫测的颜色。”

“因为对于秀男先生而言，时代祭的游行队伍无甚新奇……”

“不是的，好像不是这样的。”苗子加重语气道。

“……”

“等游行队伍过去后，他还要我去了家里一趟。”

“家里？是说秀男的家吗？”

“嗯。”

千重子有些诧异。

“他还有两个弟弟呢。他带着我参观了后院的空地，跟我说如果我们二人在一起了，可以在那里盖间茅舍什么的，尽量只织些自己喜欢的东西。”

“那不是挺好嘛。”

“挺好？秀男先生是将我当作小姐的幻影，才想同我结婚的，我是个女孩子，我很清楚这一点。”苗子重复道。

千重子不知该如何回应，边走边迟疑着。

狭窄山谷旁的一个小山谷里，刷洗杉树圆木的女人们正围坐在一起休息，篝火将她们的手脚烘得暖暖活活的，炊烟袅袅攀向天际。

苗子来到了自家门前。说是家，但其实更像是个小茅舍。年久失修的茅草屋顶歪歪斜斜的，高低不平。然而，因为是个山间小屋，所以还带着个小院子，院中的野生南天竹长得极高，还结出了朱红色的果实。那七八根南天竹的枝干相互交错着。

但这凄凉的屋子或许也是千重子的家。

走过这房子时，苗子脸颊的薄泪已经干了。究竟要不要跟千重子说这是她们的家呢？千重子是在母亲家中出生的，恐怕根本没在这个家里待过。就连苗子也是，她还是个小婴儿的时候，母亲就先于父亲撒手人寰。所以，她也记不清自己是在这个家里待过一些时日，还是根本就没住过。

幸好千重子根本没留意这样的小屋子，她只顾着抬头仰望杉山，遥望着那一排排杉树圆木，径直走了过去。苗子压根儿无须提及这间小屋。

这些笔直的杉树树梢上，还残存着一些圆圆的杉树叶片。千重子将它们看作冬之花，不过它们本就是冬天的花朵。

大部分人家在屋檐前和家中二楼都晾晒着排成一排已经剥去树皮、清洗干净的杉树圆木。白色的圆木整整齐齐地排成一排，这样就已经足够美了，或许比其他任何墙壁都要美。杉山上也是如此，那些脚边生长着枯黄野草、笔直入云的杉树树干，连粗细都差不多，美极了。有些地方，甚至能稍稍透过斑驳的树干间隙，窥得天空。

“还是冬天更美吧。”千重子说。

“可能是吧，我已经看惯了，所以也不大清楚。但冬天杉叶的颜色会变得跟芒草一般，不是吗？”

“多像是一朵朵小花呀。”

“花，它们像花吗？”苗子有些意外，抬头望向杉山。

走了不久，有一间古雅的房子，或许是当地坐拥山林的大户人家的吧。墙壁略为低矮，下半部分镶着丹红色的木板，上半部分漆成了白色，还带着一个铺设着瓦片的小屋顶。

千重子停下了脚步，夸赞道：“好漂亮的房子呀。”

“小姐，我就是寄宿在这户人家，您进屋瞧瞧吧。”

“……”

“没事的，我已经在这里住了快十年了。”苗子说道。

与其说秀男是把她当作千重子的替身，不如说是把她当作一个幻影才想同她结婚的，这话千重子已经听苗子说了两三遍了。

“替身”自然不难理解，但“幻影”究竟是什么呢？尤其是作为结婚对象……

“苗子小姐，你刚刚说的幻影，是怎么一回事呢？”千重子严肃地问。

“……”

“幻影，不就是手无法触碰到的无形的东西吗？”千重子继续说着，脸一下子就红了起来。苗子不仅面容长得像自己，恐怕全身上下都和自己一个模子刻出来似的。而这样的她，即将嫁为人妇。

“尽管如此，无形的幻影很可能就在这里呢。”苗子回答，“幻影，可能藏于男人心中，可能隐于他们的胸膛，又或许会匿于其他什么地方。”

“……”

“即便我变成了六十岁的老太婆，也许幻影中的千重子却依旧是如今这般的年轻呢。”

苗子的话让千重子意外极了：“你连这样的事情都想到了吗？”

“人们对美好的幻影，总是无法厌倦的吧。”

“也不尽然。”千重子总算说出来了。

“人也没法对幻影拳脚相向，只能反受其害罢了。”

“唔。”千重子看出了苗子也有嫉妒心，但她却还是说，“真是的，幻影什么的，在哪儿呢？”

“这里……”苗子摇了摇千重子的胸膛。

“我不是幻影，我是苗子的双胞胎姐妹。”

“……”

“这么说来，苗子小姐是和我的灵魂成为姐妹了？”

“别这么说。当然你才是我的姐妹。但是，只是秀男……”

“你多虑啦！”千重子这么说着，微微低下头，走了一段路后说，“不然我们三个人推心置腹地聊上一回吧，如何？”

“聊天这东西，有时真心，有时假意……”

“苗子小姐，你是个容易多思的人吗？”

“倒也不是，我也有一颗少女心……”

“北山的阵雨好像要从周山那边过来了，山上的杉树也……”千重子抬起眼。

“我们早点儿回去吧，说不准会雨雪交加着下呢。”

“我害怕会下雨，专门穿着雨装来了。”千重子摘下一只手的手套，伸给苗子看，“这不是大小姐的手吧？”

苗子吃了一惊，用自己的双手握住了千重子的那只手。

不知不觉间，阵雨悄然而至。千重子没发现，或许连本村的苗子都没有察觉。不是小雨，也不是蒙蒙细雨。

经苗子提醒，千重子抬头环视着四周的山脉，山峦清冷，像是蒙上了一层薄雾。林立在山脚下的杉树枝干，反而显得更清晰了。

不知不觉间，小小的山群好似被雾霭缭绕着那般渐渐地失去了轮廓。就天空的模样而言，自然与春雾有所不同，这里的雾霭可谓更具京都风味。

目光投向脚底，脚下的土地微微湿润。

少顷，群山便笼上了一层薄灰色，仿佛被雾霭慢慢包围了似的。

雾霭渐浓，顺山谷而下，其间还掺了些白色物质，而后幻变为雨雪。

“快回去吧。”苗子对千重子说道，而这因为她看到了这些白色物质。它们不算是雪，只能说是雨雪。但那些白色物质时而消失，时而又会增多。

就时间而言，山谷里微微变暗了，寒冷骤然袭来。千重子也是京都姑娘，所以对北山的雷阵雨并不感稀奇。

“趁着还没变成冰冷的幻影前……”苗子说。

“又是幻影？”千重子笑了，“我带着雨具来的，冬日里的京都，天气变幻无常，雨一会儿就停了吧。”

苗子抬头仰望着天空，说：“今天还是回去吧。”然后紧紧地攥住了千重子脱下手套伸给她看的那只手。

“苗子小姐，你真的想过要结婚吗？”千重子问道。

“只有一点……”苗子答道。然后饱含着深深的爱意，将那只手的手套重新为千重子戴上了。

这时，千重子开口了：

“你到我们家店里来一趟吧。”

“……”

“来吧！”

“……”

“等店员都回家以后。”

“夜里吗？”苗子吓了一跳。

“留宿一晚吧，我的父母都已经很了解苗子小姐的事情了。”

苗子目光中流露出喜悦，但又复而犹豫了起来。

“我想跟苗子小姐一起睡，哪怕一晚也好。”

苗子为了不让千重子发现，将身子转向路旁，泪水径自流落下来。千重子又怎会不知道呢？

千重子回到室町的店铺时，周围一带街区还只是被乌云笼罩着，阴沉沉的。

“千重子，你回来的时机正巧，赶在下雨前回来了。”母亲阿茂说道，“你父亲也在里面等你呢。”

千重子回家后向父亲问安，父亲太吉郎没好好听完便迫不及待地问道：

“千重子，那孩子的事情怎么样了？”

“嗯……”

千重子不知如何作答，这件事很难简洁明了地说清楚。

“怎么样了呢？”父亲又问了一遍。

“嗯。”

千重子自己对苗子的话也是似懂非懂——秀男实则是想和千重子结婚，但他自知高攀不得，便断了念想，转而向与千重子一个模子里刻出来的苗子提出了结婚的请求。苗子的少女心敏锐地捕捉到了这一点，于是向千重子讲述了这么一段奇妙的“幻影论”。秀男难道是想用苗子，来慰藉自己对千重子的渴望吗？

这并非自己自负，千重子想。

但事情或许并非如此。

千重子无法直视父亲的脸，她羞得连脖颈处甚至都要飞上红云了。

“那位叫苗子的孩子，只是特别想见千重子吗？”父亲问道。

“是的。”千重子下定决心，抬起头对父亲说道，“大友先生家的秀男，好像跟苗子说了，想和她结婚。”千重子的声音微微颤抖着。

“嗯？”

父亲悄悄地瞥了一眼千重子，一时陷入了沉默。他似乎看清了些什么，但却没说出口，便道：

“嗯，和秀男吗？大友家的秀男，倒是不错。缘分真是妙不可言啊。虽然这可能也怪千重子吧。”

“父亲！但千重子觉得那孩子不会和秀男结婚的。”

“嗯？为什么？”

“……”

“为什么呢？我倒是觉得很不错……”

“不是好坏的问题，父亲，您还记得吗？您曾在植物园问过我，想不想让秀男做我的夫婿。这些事，那位姑娘全都知道了。”

“嗯？她怎么会知道呢？”

“那孩子好像还觉得，秀男家是织腰带的，与我们家店铺多少会有些生意往来。”

父亲颇感惊讶，沉默不语。

“父亲，一晚就好，能否让那孩子在咱家住下呢？千重子拜托您了……”

“可以啊，这有什么……我不是曾经说过嘛，收养她都行！”

“这个她绝不会同意的，她只住一晚……”

父亲怜爱地望了望千重子。

这时，耳边传来母亲拉遮雨窗的声音。

“父亲，我去搭把手。”千重子站起了身。

阵雨滴落瓦顶的声音，几乎微不可闻。父亲一动不动地坐在那里。

水木龙助、真一兄弟俩的父亲邀请太吉郎到园山公园的左阿弥饭馆吃晚饭。冬日昼短，自高处的房间鸟瞰，城镇里已然点起灯火。天空灰蒙蒙的一片，没有晚霞。城镇里除了点起灯火的地方，其余都灰蒙蒙的。这是京都冬日的颜色。

龙助的父亲在室町经营着一家大批发店，生意兴隆。他作为店铺的主人，人品十分可靠，但今天却好像有什么难言之隐。他在犹豫着些什么，用一些无聊的闲话打发时间。

“其实……”他微微借着酒劲，这才开了口。平素优柔寡断，甚至可谓逐渐陷入厌世思绪中的太吉郎，反而大致猜到了水木要说的话。

“其实……”水木如鲠在喉，“想必您已经从令爱那里，听说过我们家愣头青龙助的事了吧？”

“是啊，我虽不才，但龙助的一番好意却是了然于胸的。”

“那便好！”水木如释重负，“那小子跟我年轻时如出一辙，话一说出口，不管谁如何阻拦，都不会听的，让我甚是苦恼……”

“我很感激他呢。”

“是吗？您要这么说，我也就放心了。”水木果真顺了顺胸口，放下心来，“请您见谅啊。”说罢便恭恭敬敬地鞠了一躬。

太吉郎的店铺虽说江河日下，但让同行的一位年轻人前来帮忙，实在有失体面。若要说是去见习的，从两家店铺的规模来看，更像是反过来的。

“我倒是很感激他……”太吉郎说，“贵店若是没有龙助在，会很困扰吧……”

“怎么会！龙助只是对生意略有耳闻，尚且知之甚少。这话从父母口中说出来，虽说有些难为情，但他做事踏实稳重……”

“是啊，他来到小店，冷不防地走到掌柜面前一脸严肃地坐下，吓了我一大跳。”

“他就是这样的人。”水木说道，而后又默默地喝起了酒，“佐田先生。”

“嗯。”

“即便不是每天都去，若是让龙助能去您家店铺里帮忙，那他弟弟真一也能逐渐独当一面，也算帮了我大忙了。真一性格温和，龙助现在还动不动地嘲笑他是‘童男’，而这又是他最讨厌的……可能是因为他小时候曾坐过祇园祭的彩车吧。”

“因为他容貌清秀，和我们家千重子又是青梅竹马……”

“您家的千重子小姐啊……”水木又说不出口了。

“您家的千重子小姐啊……”水木重复了一遍，几乎是用一种愤愤的口吻说道，“为什么您能养出那么美丽动人的好女儿啊！”

“这不是父母的能力，而是那孩子自己长成那样的。”太吉郎直率地说。

“佐田先生，或许你已经知道了，我们两家的店铺很相像，而龙助说要想去帮忙，其实也是因为他想在千重子身边待上哪怕半小时、一小时也好。”

太吉郎点了点头。水木拭了拭额头，他的额头和龙助的很像，说道：“我这个儿子虽然其貌不扬，但是却很能干。我绝无强求之意，但如若千重子小姐有朝一日觉得龙助这小子也不错的话，真的，我厚着这张脸皮请求您，让他入赘到您家，如何呢？那时，我自会将其废嫡。”说罢，他便低下了头。

“废嫡？”太吉郎吓出了一身冷汗，“你要把大批发商的继承人……”

“我看到这几天龙助的状态，才意识到：人并不会因为那些虚名而获得幸福啊。”

“承蒙您的好意，这种事情还是得看两个年轻人的感情发展呀。”太吉郎避开水木的那份激烈，说，“千重子是个弃儿。”

“弃儿又怎样？”水木回道，“我这番话，是想先让佐田先生心里有个底。如今可以让龙助去贵店搭把手了吗？”

“嗯。”

“多谢您了！多谢您了！”水木全身都轻快了不

少，喝酒的姿态都不一样了。

第二天清晨，龙助立马赶到了太吉郎的店里，将掌柜和店员聚到一起，检查了货物——漆印染绸缎、纯白绸缎、刺绣绉绸、一越绉绸、绫子、特等绉绸、平纹粗绸、打卦、振袖、中袖和服、留袖[1]、织锦缎、缎子、高级印染绸缎、出访礼服、腰带、黑绢、和服小物件等等。

龙助只是看了看，什么都没有说。掌柜因着前几日的事，面对龙助有些局促，连头都没抬起来。

在众人的挽留下，龙助一直待到了晚饭前才回家。

入夜，苗子咚咚咚地叩响了格子门。只有千重子听到了她的敲门声。

"啊呀，苗子小姐，大晚上的这么冷，还劳烦你过来了。"

"……"

"星星都探出头来啦！"

"千重子小姐，我该怎样向您的父母问候才好呢？"

"我都跟他们说好啦，所以你只需要说一声你是

1　已婚女性所着正装，黑底印有五处家纹（分别印在外袖的左右侧、胸的左右侧、背部中央）的江户褄图样的和服。底色为彩色的留袖又称色留袖。留袖原为女性结婚后将袖口改窄的振袖。

苗子就够了。”千重子揽住苗子的肩，边领着她朝里屋走去，边问，“吃过晚饭了吗？”

“我在那边吃过寿司才来的，没事。”

苗子变得拘谨了起来，而千重子的父母看到她长得和自己的女儿如出一辙后哑然失语。

“千重子，你俩上去后楼二层，好好说说话。”母亲阿茂机敏而体贴地说道。

千重子执起苗子的手，穿过狭窄的连廊，走到后楼二层后，打开了暖炉。

“苗子小姐，你过来一下。”千重子将她叫到了穿衣镜前。而后，细细端详着二人的容貌。

“真像啊！”一股暖流涌入了千重子胸膛。她们左右对调了一下又看了看，说：“简直是一模一样啊！”

“我们是双胞胎嘛！”苗子说。

“如果人们都生的是双胞胎，会是何种光景呢？”

“那便会频频认错人，不是很困扰嘛？”苗子后退一步，眸中微润，说，“人的命运果真难以预测啊。”

千重子也后退到苗子那里，使劲儿摇晃着苗子的双肩说道：

“苗子小姐，你就一直住在我们家吧，不行吗？我父母也都是这么说的……千重子孤身一人，很寂寞……虽然我不知道住在杉山会有多快活。”

苗子像是站不稳似的，有些踉跄地跪坐下来。随后摇了摇头。她摇头的空当，泪水径直垂落膝头。

“小姐，我们如今过着不一样生活，教养之类的也截然不同，我实在没法在室町生活下去。我就来您店里这一回，一回便足够了。也想让您看看您送我的和服……再说了，小姐还曾两次移足杉山去看望我。”

“……”

“小姐，您还是小婴儿的时候就被我的父母遗弃了，但我着实不知道其中缘由。”

“我早就把这些事情忘了个干净。”千重子毫不计较，继续说，“我现在根本就不认为我有过这样的父母。”

“我也不在乎父母是否遭了报应……我当时也是个小婴儿，请您谅解。”

“苗子小姐，你又有什么责任和罪过呢？”

“没有的事，但我之前也说过吧，我不愿意妨碍小姐的幸福，哪怕是一星半点。”苗子压低了声音，说，“我倒不如消失了为好。”

“不行，这样……”千重子强硬地说，“我总觉得这样很不公平……苗子小姐不幸福吗？”

“不，我很寂寞。”

“幸福转瞬即逝，而寂寞长久留存，不是吗？”千重子说，“我们躺下好好聊聊吧。”随后从壁橱中拿出了被褥。

苗子边帮忙边感慨：“所谓幸福，便是如此吧！”然后侧耳聆听着屋顶的声响。

千重子看到苗子侧耳倾听的模样，问：“是阵雨吗？雨雪？还是雨雪交加的阵雨？”自己也停下了手上的动作。

“或许吧，难道不是细雪吗？”

“雪？”

“下得如此静谧，不成雪之雪，真真是微小而细碎的雪。”

“嗬。”

“山村里偶尔会下这种细雪，经常还不等劳作中的我们留神，杉树叶片便已然变得如花般洁白无瑕。冬日之枯木，常常连纤细的、修长的枝桠都会幻变成雪白色。”苗子说道，“好美啊。”

“……”

"细雪有时很快就停了，有时会变为雨雪，有时又会化作阵雨……"

"我们打开遮雨板看看吧？一看就明白了。"

千重子刚想起身前去开窗，苗子却抱住了她，说："还是算了吧。外面很冷，会幻灭的。"

"又是'幻'，苗子你总喜欢说这个'幻'字呢。"

"幻？"

苗子展颜一笑，美丽的面庞流露出一丝哀愁。千重子正要铺被褥，苗子慌忙说：

"千重子小姐，让我为您铺一次床吧。"

然而，在两床并排铺开的被褥中，千重子却默默钻进了苗子的被窝。

"啊，苗子，真暖和呀。"

"我们的工作不同，住的地方也……"说罢，苗子紧紧地拥住千重子。

"这样的夜晚，总是寒冷刺骨呀。"苗子似乎一点儿都不觉得冷，"细雪纷纷飘落，时停时续……今夜……"

"……"

父亲太吉郎和母亲阿茂好像也上到隔壁的房间来了。由于他们上了岁数，便开了电热毯，把被窝烘得暖乎乎的。

苗子将嘴凑到千重子的耳畔，低声细语道：

“千重子的床铺已经暖和了，我到旁边被褥去了。”

母亲将隔扇拉开一条小缝，从缝里悄悄地窥了窥两个姑娘的寝室，也是那之后的事情了。

次日清晨，苗子早早便起了身，将千重子摇醒后，说：“小姐，这或许是我一生中最幸福的时刻了，我要赶在别人看到之前回家去了。”

正如昨晚苗子所说的那般，真正的微雪，在深夜里时停时续，现在仍霏霏地下着。这是一个细雪纷飞，寒冷的清晨。

千重子坐起身，说：“苗子小姐，你没带雨具吧？等一下！”说着将自己最好的天鹅绒大衣、折叠伞和高齿木屐都给苗子备好了。

“这些是我送你的，一定要再来呀。”

苗子摇了摇头。

千重子抓着红格子门，久久地目送着她渐行渐远。

苗子始终没有回头。

千重子的刘海上飘落了少许细雪，转眼间便消融了。

整个城镇，还在沉睡着。